飘落的云影

陈兴玲 【著】

APCTIME
时代出版传媒股份有限公司
安徽文艺出版社

图书在版编目（ＣＩＰ）数据

飘落的云影/陈兴玲著. —合肥：安徽文艺出版社,2020.12
（2024.4 重印）
ISBN 978-7-5396-7095-9

Ⅰ．①飘… Ⅱ．①陈… Ⅲ．①散文诗－诗集－中国－
当代 Ⅳ．①I227.6

中国版本图书馆 CIP 数据核字(2020)第 230276 号

出 版 人：姚　巍
责任编辑：周　丽　　　　　　　装帧设计：悟阅文化
....

出版发行：安徽文艺出版社　www.awpub.com
地　　址：合肥市翡翠路 1118 号　　邮政编码：230071
营 销 部：(0551)63533889
印　　制：三河市嵩川印刷有限公司　(0316)3650395
....

开本：710×1010　1/16　印张：8　字数：180 千字
版次：2020 年 12 月第 1 版
印次：2024 年 4 月第 2 次印刷
定价：36.00 元
....

左起：朱可家、朱利苹、陈兴玲、诸炳兴、修晓林

一颗飘逸的心
飘过了时光剪
影堕落在天木
之中朦胧

陈兴吟撰文　顾世雄书

顾世雄书法

序
一

张
炜

　　上海知青作家诸炳兴先生将这两部书稿(《飘落的云影》《爱里的月影》)
热情地推荐给我。

　　他说作者陈兴玲是知青的后代,从小爱好文学,出生于安徽乡村,一路走
到今天实在不易,让我一定写几句话。

　　她从初中开始诗歌创作,三十多年来有词作一千多首,出版诗集、小说与
剧本集等九部。她是一位业余作家,平日忙于农事,可谓新时代里刻苦学习、
耕读传家的典型。

　　她的诗章里有太多的梦、月亮、背影,可见她是一个有梦想的人。她追逐
希望,幻想明天,那是她欢乐和幸福的一个组成部分。清风明月,白云星空,
都是她最熟悉的景致,梦想就在这其中产生。

　　炳兴先生告诉我一个动人的故事:她小时候酷爱读书,可那时候连点灯的
煤油都买不起,她就在月亮下看书。就因为这样长年累月的阅读,她的眼睛变
成了高度近视。

　　现在条件好了,有了明亮的电灯,但是每当月亮好的时候,她还会捧书坐
在窗前,默默地望着月亮。月亮给了她光,给了她曼妙的想象,所以她的诗章
里才有这么多月亮。

　　这是一个女子在月下冥思的形象。不管春夏秋冬,她总那么专注和安静。
我想如果是炳兴这样的作家兼画家,会给她绘出一幅动人的画像。

　　《小小新娘花》《老地方的雨》《一湖蓝》《等你在颍上》《等你回家》
《倾城琵琶》《那晚月亮》《淮河的红月亮》《古井的月亮》《老戏台》,都
是真切温暖的歌唱。"拂去飘落的尘埃 / 多少故事曾在这精彩 / 锣鼓乐器相交
错 / 轻重的脚步踏着浪漫节拍 / 几人痴,几人迷 / 几人却无奈 / 看过谢幕的悲哀

/谁还流连在这戏台……"

她的散文诗《咸菜》，让人回忆起那些知青岁月。"奶奶的一生都在腌咸菜，就像她自己说的日子就是盐粒，涩涩地，如眼泪，一粒一粒积攒了每个三百六十五天，妈妈延续着依然用那个咸菜缸……"

有了这种近乎恐惧的哀伤，一片诗情也就不再稚嫩了。

在这里，让我们祝愿她梦想成真。

张炜（诸炳兴/绘）

作者简介：张炜，当代著名作家，中国作家协会副主席，山东省作家协会主席，万松浦书院院长。著有长篇小说《古船》《九月寓言》《你在高原》及48卷本《张炜文集》等。茅盾文学奖获得者。

序
二

诸
炳
兴

2019年后期，我的第二本著作出版，同年末，在中国最美书店——上海钟书阁（徐汇店），举行了我的《版纳记事》《多彩生命》两本著作的签赠活动，并正式开始向各地亲朋好友赠书。通过赠书，又结识了许多书友，知青是主体。在这其中，有一个曾是上海某区的宣传部部长的老朋友，阅读了我的书后，又将我的书介绍给了安徽一个热衷于写知青时代故事的知青二代。老朋友向我推荐，这位知青二代叫陈兴玲，她是个地地道道的农民，她自幼爱好文学，特别是诗歌和歌词，目前她已是中国音乐家协会会员。

2020年的元旦，我在微信中看到有陌生人申请加我为好友，点开一看，申请人自我介绍：她叫陈兴玲，是知青二代，从小见过知青的生活，特别喜欢看知青的书，听人介绍，我是知青，刚出版了两本新书，其中有许多知青时代的精彩故事，为此，她非常想买我的书。那天，我们互相加了微信。当天我要了她的地址，给她快递去了一套我的书，并再三关照，我的书只送不卖的。趁新年到来，我就作为新年礼物赠送给了她。事后，她也给我寄来了她的九本著作，我一连几天阅读了她的著作，文如其人，从字里行间里，我对她有了初步印象。

从此，我们便开始网上交流，特别是她在参加省、市人代会期间，借会休之机，与我有了更多的交流，从她诚实直爽的话语中，我了解到她更多的过去和现在。

长期在农村生活的她，一路走来，很不容易。我很佩服她的坚强和任性，更敬佩她写下这么多脍炙人口的优秀作品。

三十多年来，她借着月光读书，抱着孩子写诗，克服种种艰辛，日夜笔耕不辍，创作歌词一千多首，有十多首歌曲被央视作为优秀作品播出，还有的作为电视、电影主题歌和插曲。还出版了诗集、歌词集、小说、剧本集等9部作品。她在《词刊》《歌曲》《儿童音乐》《散文诗》等大型刊物发表了不少作品。她是安徽省作家协会会员。

我特别喜欢她的《小小新娘花》《老地方的雨》《等你回家》等歌曲，时常听着这些歌画画、写作，给我带来很美的享受。

前几天，她发来她的散文诗集《飘落的云影》和歌词集《爱里的月影》稿件，要我给她这两本新书写个序。虽然我对诗歌不太精通，也从来没给任何人写过序，但是，却无法拒绝她的这个要求。因为她是知青的后代，用她的话说：也是对我们知青二代的一种鼓励和支持。她从初中开始进行诗歌、歌词创作。在写作的过程中，除了种地、家务外，还把一对儿女培养成研究生，如今都已成家立业。这种精神，难能可贵。当然，她也是我们知青的骄傲。

我从她诗词里的梦、月亮、背影，看出她是个爱做梦的女孩，她的希望、她的明天、她的欢乐和幸福对她来说好像梦一样。当伸出手时，手里只有空空的风。白天她下地干农活，后来，做点生意，晚上偷偷地在月下看书，守着一个梦，那个背影我认为一个是她寻找的那个亲人的背影，一个是她心中那个人的背影。那个背影一直让她在追寻，梦着、想着、努力着。还有那个大大的月亮。

我通过微信问她，为什么对月亮这么有感情？她的回话让我的眼眶湿了。她小时候酷爱看书，可家里买不起煤油点灯，她就在月亮下用镜子反光看书。结婚后，家里人认为农村人就应该干农活，女人看书有什么用？后来，有电灯了，家里人又怕费电，绝不允许她看书，她只能把小孩哄睡后，又偷偷在月亮下看书。长年累月在昏暗的月光下看书，使她的眼睛逐渐成了高度近视。

现在再也没人阻拦她看书了，但月光下看书，已成了她几十年来的习惯。每当月亮好的时候，她还会捧着书在月光下，默默地望着月亮，仿佛在想着什么。是月亮给了她光，给了她知识，给了她希望，给了她太多幻想。很多浪漫的诗词，都是因为月亮。

我停下了键盘的敲击，默默沉思，眼前出现这样一幕：一个女孩捧着书在月亮下，专心致志地看着书，冬天北风呼啸，她蜷缩头颈；夏天蚊虫叮咬，她四处拍打；只有春天的晚风，时而轻轻撩起她的一缕发丝。我怕自己的文字会惊扰月下女孩，怕碰伤她的月亮，希望月亮圆圆的永远在她的夜晚，多给她一份温暖和依赖……

我又打开小度音响，重复地倾听着她作词的歌曲《小小新娘花》《老地方的雨》《一湖蓝》《等你在颍上》《等你回家》《倾城琵琶》《那晚月亮》《淮河的红月亮》《古井的月亮》《老戏台》《走一遭》……

我从书稿里翻到《水影飘花》这首歌词：

水影飘花

雾色淡淡，落花匆匆
一袭身影水岸边飘飘如梦
也许，风一程；也许，雨一程
转身的路上万事空

人也蒙眬，事也蒙眬
春花秋月缥缈了依稀水影
为何，来如影；为何，去似风
回首的阡陌花飘零

水影飘花，虚幻了时空
悠悠琴声清冷一弯月明
风摇曳一盏心灯
此去云里雾里，山几重，水几重

从这首歌词里，不难感到作者人生的坎坷，她却总是用诗一般的情怀去诠释，苍茫里给自己一个遥远的希望。听着她的歌，一幕幕都浮现在脑海。虽然历经磨难，依然是诗一样的女孩、歌一样的情怀。

她的散文诗《风摇曳了季节》，写一颗守着自己守着一个梦想的心，任凭风来过。走在路上，思绪万千……

因为雨荷，芦苇总是相守着一个岸，守着一个夏，一个从荷尖到枯荷，到芦花到故事里的一个决绝。还是守着，风摇曳了梦，不知道远方是不是另一个夏天。

时间总是把幻想酝酿，还有一个未知在太阳下是不是就是一滴汗水。湖水彰显着无数的涟漪和云来云往，又怎能预知一颗心在水底沉寂多久。多少人来来去去，走走停停，把擦肩的故事复制粘贴，而又被雨刷屏，不留一丝痕迹。而那个久久伫立湖畔的人，再也没有刷去，就像芦花。

　　雪花是否可以代替芦花的痴情，把你的影子温润在一个回首，湖畔。荷花依然在你背后，风摇曳了时间，摇曳了地老天荒。因为远，因为在。

　　是啊，风摇曳了时间，摇曳了地老天荒，也摇曳了她的身影。多么朴实的语言，多么淳朴的诗句。

　　两个多月的疫情终于烟消云散了，上海这个魔都恢复了往常。此时，窗外的晨晖洒进我的书房，而她的歌声还在我书房回旋，让我走不出书房，走不出她的诗情画意，走不出她的歌……

　　我站在窗前，听着《等我回家》，深深地抽了口烟，往窗外吐去，却迎来春风拂面，随之吹干了我的泪滴，思绪飞扬，不知道对她该说点什么，又一口浓烟吐出，让自己的心平静……

　　我知道，她的心里装着一个大大的月亮，她要把最美的诗句献给月亮。

　　如今，我只有祝愿：祝愿她梦想实现，祝愿她的作品越写越好，写出自我，写出养育她的那片热土的情怀。

2020年3月20日于上海虹桥晶典苑

作者简介：诸炳兴，画家，作家，上海知青。老三届，曾是中国人民解放军云南建设兵团一师一团（景洪农场）知青，在营机关从事宣传工作。1983年调回上海，知青生涯十三年。回沪后为某企业董事长、总经理。现为上海市闵行区作家协会会员、上海市知青历史文化研究会会员。2018—2019年，由上海文艺出版社出版散文集《版纳记事》《多彩生命》。

目 录

CONTENTS

云影后的你

如果太多

一叶情诗

背　后

停留的地方

诸炳兴/绘

四季如歌

春

就因为那一阵清风的拂过，大地就绿了，冰层软了，该醒的都醒了，就像梦了一冬的青蛙，又开始窥视那个女孩是不是还在水塘边。

花是女孩的模样，在枝头轻轻摇曳，让雨淋湿了一次又一次，青春的伤就这么打落一地。那些散落的背影如槐花纷纷飘在风中，不曾言说的爱更加朦胧。春天就在断桥边止步，看流水流过裂痕，潺潺有声，相思停在湖畔，也留在了月影中。

花絮飘过，洒下沉重的回首，寻找近了又远了的朝夕，风扎起了记忆，系上风筝的心事轻轻飘飞，在它的一片蓝天。

那个芦苇滩又泛绿，轻雾缭绕的地方，是否有你流连如初。

夏

太多的狂热和喧嚣在晚风中慢慢变得冷静如夜。就像一个故事接近尾声，把余下的痛感留给了残月和长箫。

不为人知地抒写绿树红花和焦躁不安，太浓的绿让每一片树叶都在膨胀，每一个荷塘都在外溢，就连人的思想都变了，没有了矜持，忽略了缠绵，心与心排斥的暗语，权与权征服的扭曲，让历史疲惫，文字也伤痕累累。

狂风暴雨过后，还有接踵而来的短暂平静，修整不了的对错，天边一道彩虹又能诠释什么？一次沉睡把所有的相遇都化为乌有。

这个季节雷声多，风雨更多，每个人都携着自己的影子匆匆来匆匆去，灵魂却遗失在大片的阴翳里。

秋

枝头的柿子红了，涩涩的滋味还在风里吹。

伸手摘下的记忆，和箩筐里的柿子一样有点涩。泪水浸泡太久的日子，还得秋日的阳光慢慢地打理，满树红叶印着我一季的诗句，过去和现在都没有走出一首诗的意境。明天会不会在省略号里结束？芦花回答了我的守望，在秋的深处以飞为歌，以梦为歌。

收起思念，收起破碎的付出，浓墨淡写我们的故事，你的微笑太缥缈，我已不会再去追逐，秋风已风干了痴情，在我停留的地方我会转身面对如水的月色。

走过属于我的天地，走过沧桑背后的一个梦。

冬

冬扑面而来把我撞进一片雪地，抖落一地寒霜。

对着风我呼唤着童年的你，季节把我们的距离改变，你回应我的是漫天的飞雪。脚下的这条路，我们走了多少个轮回，多少无奈都在月下无声，最后都在一个冬天里结束。因为这一路的雪，没有了你，我失去了方向，跌倒了再爬起，黑夜和白天让我无法辨认。

梦醒了，人冷了，冬天更冷。

在这条路上，只有我一个人在梦外沿着冬天走着，身边的雪花还在飘。

春天来了

我们还没来得及补足时间的缺口，春天就来了，从钻出的小芽芽上。竹笋像一支绿剑指向春天的方向。

柳枝丝丝缕缕被风梳理着思绪，不知用多少柔情去书写春天的诗笺。路程上的惬意不能用色彩描摹，在蝴蝶翩翩起舞时，是不是有你回首的一笑？路安静了，只是把一路花开，一路祝福，一路恩赐，又还原给路上。

红、黄、白，让春天编织一个花环，轻轻套在你脖子上，春天和你一道走来，燕子带路，春水带路。一支足够长的竹篙撑一只小船，摇来了春天。

春的扉页

跨过初春的门槛，重新梳理柳丝，让脚下的路不会在乱花丛中失去方向。

你的守望让我若有所思，在你的背影，轻抚流光浮尘。

苏醒的土壤，嫩芽翻开岁月新的一页，脚步、手印、倒影都没了粗线条。就像一首纯情的小诗浅浅的一行写在竹叶上。风不懂，而雨也朦胧。

几株红梅最终绽放了，一朵朵娇小羞涩，贴着风的暖，贴着天的蓝，也贴着你的目光告诉你这是春的扉页，你将如何留下真情的一笔。

春天的开始

春天又回到一个起点，那些似开未开的花，那些刚发的新芽，在雨里慢慢伸展着欲望。

梅香里还会有一个旖旎的身影姗姗而来和你相逢，迎面而来的故事有花的色彩，手里握不住未知，就像柳絮轻轻飞过我们的天空，慢慢消失在相忆的距离。

红尘情缘，有走就有来，每个人都会有一个圆，就像夜空的月。

春天，就这么开始了，在走出门的刹那，铺满阳光的路上，你的春天也开始了。

春 花

走在春天的起点，风温柔了走来的脚步，那些杏花、玉兰花、桃花、梨花、樱花、油菜花的绽放期待一种情愫。走在花海中不敢大声说话，怕惊醒花的美梦，也怕美丽瞬间凋落，所以我如风儿一样轻轻地走过每朵花旁，对它传递着欲说还休的冲动，默默读着花儿的心语。红色、粉色、白色、蓝色，花色混染了足音，在这鲜亮的色彩里我不知道自己该如何收藏这个春天，也不能用我的文字挽留，想借画家的神笔留住一朵春花在我的路上。

我的脚步总是比别人慢了半拍，以至于和他们都一一擦肩而过，只能望着那些背影消失在春天。一场雨把我阻隔在路边的小亭子，我期盼有一柄花伞，烟雨蒙蒙，也许只有走在戴望舒的雨巷里才会有吧。在江南的春天我的雨巷被风吹进一场落花中，而我却捡不起那些飘落的回忆，只把脚印浅浅叠加。

一路花开，一路花落，初始的故事还没有开始就在飘零中结束，一个个回首把花儿望远，一树槐花把我送出村子，走进别人的故事里。把梨花别在胸前，我从春天走来。

远处的春天

春天在我的距离之外，我一直在追逐、寻觅，那个心灵也触及不到的地方，遗忘时光的暗影，丢失的足迹积满了尘埃，风卷不走枯叶的依恋，在一片荒野苍茫惆怅，天空的云也无法带走。

望远了的春天，在一片落花中坠落，就像一个女孩消失在不该离去的季节。多少个夜晚泪湿了月亮，梦也成了碎片，夜的黑彻底吞噬一切。没有留下一抹回首，没有唤回一丝温存。早晨草叶上一滴清露或许是她的一滴泪，是宿命的注脚。

迎春花也许开了，因为柳枝又抽出一番心思，风吹乱的发丝在湖畔，看不透季节的变换，更弄不懂那一波涟漪的柔情。不敢问天的阴晴，和地的裂痕，当我把自己藏进一首歌里，还是湿润了一颗心。风在，寂寞在。我在远方冷得发抖，春天好远。

春天的诗

一首小诗暖风一吹就绿了，花开了。

丝丝缕缕的情感在文字里飘逸不定，以至于每个词都开出一朵海棠静默在窗外，走来的脚步停顿在一个符号里，又在韵律里走远。一对蝴蝶翩翩飞过，一句梨花带雨，一句桃花羞涩。

这样一个春天，我在一首诗里起步，你在一首诗里伏笔。

春天的简约

一柄花伞撑起的春天，单纯的新绿，纯情的含苞欲放，在简约的足音里若雨，若风，若轻絮游弋。

春天拾级而上，初始的温度梳理柳丝的千般柔情，丝丝缕缕驻足了情结，青藤从心里开始蔓延，到山外山，到云雾缥缈，而你从路的另一端走来，轻轻擦伤我耳畔的寓意。没有任何一首诗能就此托起一个回首，路迂回了不可触及的距离，远和近打断了春天步入夏的节奏。

人间双飞燕飞进青涩的竹笛里。不能摆渡的船搁浅了这个春天，一个剪影简约了河畔和丢失的月亮。

春韵序曲（一）

轻拈草的绿意，花的万紫千红，点点滴滴，深深浅浅，色彩斑斓着初始，都在蝶影里飘然，那一波涟漪漾在思绪的湖泊，把梦幻的倩影轻轻化成了浪花远去。

捧起凌乱的音符放进花的红草的绿，还有遥望，唇边的柳笛能否吹出思念的旋律，如那飞来的燕子。

把冬天的雪花藏进夜里，月光拂去纤尘，再装饰我寂寞的枕边，听你如春风般的脚步慢慢走来。

一袭晨雾在太阳和月亮之间揣摩，花和草如何相识、相望、相忆，在同一个季节的不同天空。

春韵序曲（二）

白云写下一页蓝色的期盼，信鸽如何才能传递给春天？那暗含的声音蒲公英读懂了，轻轻飞起，去寻找属于自己的那一片热土，生根发芽开出黄色的花，然后随风天涯。

春天的一滴清露滴进青涩的心愿，把对槐花的眷恋写得那么纯洁优雅，在她离去的晚春飘然如雪，在灯下合上书页，在这个无月的夜晚。

所有的诗句都在背后如落红纷纷，没有人会懂得它的旋飞是时光的碎片，影子，脚步，回首，都滞留在撕去的一页，春风又起，我站在湖畔寻找冬天的痕迹。

折一枝垂柳重新编织青春的项圈，却再也圈不住曾经的笑脸，流水里一片深沉的蓝还有一个倒影。

春韵序曲（三）

染上春的绿色，以绽放的姿势行走在二月的路上，蝴蝶是头上的发卡，在桃花的枝头等着你走近。

思念里月亮还沉在水底望着天，一曲旧日的歌是酒，斟满夜的杯子轻轻洒在路上，等着你走过，发现花间的一滴泪醉了痛了。

风轻轻拂去肩头的尘埃，把春天的色彩披上，走吧，在这个四月天，路上也许有风雨，春天在心里一路花开。

每首诗，每首歌，都是我的停留和回首。

春韵序曲（四）

风的声音，花开的声音，禾苗生长的声音，小鸟飞翔的声音，流水的声音，混成了春天的交响乐，遗失细节的音符，在节奏里，起起落落多少色彩，都是生命的震颤。

四月的路上，带走了桃花的含羞，梨花的幻想，还有一个美丽的相遇，缠缠绵绵在一段路上，当往事一一成了遗憾，错过了一生。一个个美丽的音符在风里舞蹈，最后静默在一首诗里飘零。

向日葵向着太阳微笑，因为你在那，向着月亮低下头，因为你的离去，春天也走了，只有一地落红的记忆。

一串脚步，一串音符，随风随你而动。

春韵序曲（五）

拨动阳光的弦，每一个音符都跳动着。一地的黄的红的紫的花儿，脚步轻轻走过，花的芬芳等待你一个眼神，它为你一世绽放而后飘落在一个夜里，散开的长发瞬间流泻了烛光的朦胧。

阳光的味道，暖暖的，只听一声声鸟儿清脆的呼唤。

一曲开始是阳光，结尾是月亮，因为你最终在灯火阑珊处。

捧起一缕月光，继续一个春天。

春韵序曲（六）

多少故事都在桃花开时成了粉色，真情流露在青石板的小巷里，雨中再也不会有人为你徘徊，回首，小巷的春天被一把小花伞收起，放在一个古老的码头，看那船来船往洞穿了时光的底色。

我站在微尘上透视自己的脆弱，当把一片落花藏在心里时却把自己丢在了路边。

走过的路上，多少个季节让风卷走，遗失。

最终留住竹笛的尾音，一支绿的旋律，是春天的唯一长调，就像你丢下的一个长长背影，一直在春天。

春韵序曲（七）

折叠的红纸船在绿波上慢慢飘远，载走一首小诗的意蕴，会不会飘进你的心海？

春天的味道，是花的味道，是你走来的味道，轻轻一声呼唤花就开了，你就来了，我的世界是一片绿地等着你徜徉，舒展你柔弱的部分，那是一汪清澈的情思，有我唯一的印痕。

风轻轻一摆，柳就绿了，思绪轻轻飞了，我们各成一片绿叶在同一个春天。

春韵序曲（八）

花的故事，草的葳蕤慢慢成为凋谢的记忆。

大把的花、大把的绿撒在生命的空白，退回到风中，也望远南飞雁。

脚上沾染花香，还会走着梦一样的路，梦一样的春天，一个序章如何在两个人的世界展开。我沉默，你也沉默，只有一行青涩的诗跳动在花开花落，张狂，温婉，雨丝的起起落落，很浅很淡。淡得没有了我们的身影。

还没来得及挥一挥手，春天远了，在我们的相望里，说过不带走一片云，可是脸颊的泪却是春天的结尾。

花　影

一枝花摇曳着世间的风情，或浓或淡，被风揉落一地碎片。在春天的路旁。

走进一扇门里，一片云，花瓣，落叶，雪花，变幻着小小世界。慢慢地，花蘸着月色在墙上点点画画，画出自己的影子。时间不停地在人脸上像风一样拂过，慢慢地擦去了青春。

一阵风把花吹成了影子，又一阵风吹得无影无踪。

四月天

走过三月的相约又走进四月的诗句。一树桃红给柳丝很多错觉，每一个有梦的人都沉醉地走过，回首蝴蝶飞飞。

一点点新绿做底色，一个个梦想在石头上开花。风把云扯成了人影从青苔里站出，一转身你就成了我。笑和哭的重叠让我的心出现裂痕。

落满花的路在延伸，给那些花瓣留下太多印痕，只有那条木凳知道。还有镂空的影壁。

花开一夏

一朵荷花初始的情思，和一湖烟雨缠绵在湖光倒影里，那一船的故事不知道怎样开始，又怎样结束在码头。一程的湖光剪影，碰落几瓣荷香，在时光的流泻中还在书写一个回首。

一个故事，一朵花开。匆匆的脚步匆匆地错过，火热的湖面以一朵朵花开的表达，及一叶叶绿荷的半遮半掩，让美丽如一叶漂萍。朦胧在烟雨里，桨声、水声、人声、笛声、水鸟声都在身后的这个夏天。拂不去的荷香沾满衣衫。

花开一夏，一湖烟雨，迷蒙在足音里。

望 荷

从春天的最后一个夜里望穿云雾，迟来的脚步徘徊了湖畔的夏风。

一湖荷花的香音，相逢不合时宜的节奏，又迎面和你错失一份拥有。牵一缕荷香向湖的深处，湖水可不可以洗去一身浮沉，及烟火？盛开的莲花可否泗渡此生？

望一湖荷花浮出水面，浮出人海，拖着一颗透明的心缓缓升起。

湖 畔

一个又一个故事从时空中像水珠一样滴落，漾起春夏秋冬的涟漪。

断弦的琵琶弹奏了怎样的一场花开，还有风撕碎的花瓣，轻轻撒落一地凄迷。承诺遗弃了过去，是桃花扇的传说，还是陈端生的搁笔，让过去无法黏合现在，也无法黏合期待在世俗里的伤痕。时空总是念远，让真实在诗句里虚化，在回首里后退到梦的边缘。水声呜咽，把最后的守望沉入水底。

湖畔有脚步徘徊，那个背影永远站在你的诗里。不问季节如何遗忘了此刻，也不问月亮为何总是走不出夜晚。只是随湖畔的风而去，留下一场雨。

捡拾花季的留言，夏天的错落，桂花的遗憾，拼凑出一朵雪花，落在身后的影子里。

竹　影

一棵棵翠竹从土里钻出来，和春天一样青涩。婆娑的身影闪现在多少佳句诗章里。站起是一棵竹子，倒下是一支笛子。

笔墨承受不了太重的相思，摇摇头却碰落几片红叶，红叶上的留言只有竹子懂得。风吹过竹林，那沙沙的呼唤被雨滴轻轻打落，在多情诗人的笔下，惆怅、眷恋、回首、挣扎、隐忍，最后在朦胧的句子里深藏。

竹影隐进一幅画里，留白的日子是否有明天的明天？印章封存了伏笔。

一叶帆

一船的思绪，一船的故事，一船的惆怅，一船的漂泊。没有找到风的方向就离开了岸。

俗世的尘埃丢给了大海，心里拥有了一片海和天上的云。那些海螺都搁浅在心的沙滩早已风干，海龟随着潮起潮落又回归大海。

几只海鸥在旋飞，是送别也是期盼。

狂风和暴雨，在另一个港湾寻找停泊的码头。

夜的岸只有一轮明月，一江唱晚。

那片蓝

是你的微笑所致，天的干净、水的清澈幻化成梦特有的色彩。捧起放进你的寂寞，在晚风吹过的地方，如何过滤一种心情。

在一片湿地的寂寞里，湿了马蹄，把最初的亲吻深印在一丛绿中，然后悄然远走他乡不再回头，脚步踏响在路上。

一个女孩追逐着蝴蝶而去，再也没有返回看一看水底自己曾经的影子，只有不解风情的一头牛把兰花一口口吞噬，甚至还听到了哽咽之声落进水里。

湖畔的徘徊无限延伸到一个夜，一个清晨，一个秋停留的地方，足迹深深浅浅，在断断续续地暗示一种拒绝。

爱是蓝色的，爱到最后的忧伤也是蓝色的。天空没有一片云，空荡纯净，只有那深沉的蓝又被风吹到心灵深处。

海　边

人在守望里，风化成望夫石，昨天的故事和那只船早已搁浅，云依旧是云。

海浪层叠了多少起起伏伏，然后拍在沙滩，凝固成沙。帆许诺天涯，漂泊了流年。说着黑夜和白天的轮回，说着不可预知的未来，听一听海螺的心声就知道大海的缩影。

那片海

望去的海是生命的一部分，风浪里裹着远帆，浮沉，奔腾。

海鸥飞过太阳升起的火红，也被染成大海的另一角色。早起的人捡拾着浪花，总希望有一朵是远方亲人的归来。那思念织成的网又捞起了什么？日子一天天从网里漏下。是太阳、是月亮、是自己，还在流浪。

沙滩上充满海风的足迹还在重复，画在沙滩上的一颗心也许会有一种话外音，是不是在等浪潮的一次洗礼？

夜深了，那片海却在呜咽。

那是一个秋天

在芦花的季节寻找丢失的身影，那是淮河畔的传说还是一个真实故事。一片秋色荒芜了回忆，没有荒芜的是来了又去的脚步。

那一片蓝天深深映在淮河的眼里，一只客轮经过，你是船上唯一的乘客。秋天在淮河的眼里从此模糊不清，它知道芦花就在这个季节。

芦花飞了，飞过一个故事的寓言，而你在芦花飞去的方向，还在守望，那是一个秋天。

秋　声

我听到红叶下的声音，是两个剪影各自撑着一把伞，还是在一把伞下倾诉伤痕里的疼痛？捡起一片落叶掩盖陈旧的日子，一阵秋风吹来，吹去叶片和伞，赤裸裸的，相对无语。

独自走开，独自拾级而上，从春到秋，又从秋到冬，我不知道雪花将给我怎样的世界，也不知道路的转角是否会是悬崖。路旁的竹枝婆娑着幻想，也窥探了我的隐秘，那是怎样的心语，这一根根翠竹能否听懂丢在石阶上的秋意。

也许是那束光的浅笑，笑落一地金黄色的回忆。谁的镰刀把一个梦割得零零碎碎，等着雪花一点一点来缝补，梦还能复原吗？

秋 韵

在一个地方安静地听雨，听着听着秋水里听出一条路。

秋的另一面，枫叶在风里舞动红的黄的裙衫，一种不舍让红叶欲言又止。走和停改变了路线，也改变了一个季节。在雨的笔墨中，调试的色彩似浓若淡，那些深沉的意念浅浅地书写成红叶和黄叶的韵律，在风里，在雨里。叶片上一滴眼泪，打湿了这个秋天的韵脚。

远方潜藏着一片蓝，是天空一汪深情。贴不上金黄的银杏叶，也贴不上荒草连天。

秋色里脚步走成了风，在缤纷的落叶中，背影给这个秋天一个绝句，就在你走过的秋水里，瞬间，一切皆是漂萍。

秋 意

浪漫的夏天已是白露为霜，我还在芦花飞飞里虚拟着回忆，一阵风把一切吹成了雪花。

问荷，荷沉默成水墨，在荒草连天的去处，一群归雁落进了秋意。

我已找不到家门，那只老黄狗陌生地拒我于千里之外，还守着主人的那扇门，而主人不知去向。在这个秋天我没了方向，也不知应该去哪里。

随着秋风来，又背着秋风离去。

风中的琴声

风拨动大地的那根弦，音符在落叶中旋飞，飘落，也许是渔舟唱晚，在层层落叶上，一把小提琴无声地依靠着夜色。

梦用月缺在诉说一个遗憾的故事，说成了一河冷冷的星光。还有扑面而来的花香，那是你琴弦上的气息。

琴声从风中飘来，也许是树叶的声音，是水声，是你轻轻的吟唱。遥远的叶笛滑落耳畔的那声呼唤。

雨 声

在我的想象里一直是下雨的声音，这声音让我的心和梦都浸润在雨中无法逃避，也让我的脚深陷泥泞。

走在你走过的路上，我听到你遗落在忘忧草里的叹息，我默默地绕过，却在回首的一瞬间丢了自己，一个个身影走着和我一样的步伐，然后消失如同一片雪花。

雨声很近又很远，在我推开窗子时恰在窗外，所有的想象只不过是一场雨，我不能让雨声把心击碎，那雨中是否还有个人和我一样。

雨声渗透了谁的呼唤？从秋的深处飘来，在我的耳边，在我的梦里。

枫叶红的时候

挂在枝头的只言片语，染红了秋天。所有的心思都掩在窗内，怕在推开窗子的同时，推开了那只大雁的回归。

门外红叶掩映了乡愁，因为许诺一直还在路上。温情总是难跨越一道门槛，让昨天的别离不能扑面而来。脚步声近了又远，远了又近，听起来已经陌生。也许带着太多的惆怅、思念，和时间的落差，仍然在家门之外。

一串串足迹里除了尘埃就是红叶，就是青春的不堪回首，都在脑后。被忽略的那双泪眼，还在守望着，在村口，在那眼老井旁。

一夜秋雨，梦的碎片像红叶一样，落满门前的那条路，梦的呓语或浅或重，或是一声呼唤躲在路的缝隙里，避开所有的路人。还是希望能触碰那最熟悉的脚步。

捡起一片心形的红叶夹进一本书，让每一页书都有红叶的味道，都有想说的一句话。从此，只和书对白。打开是昨天，合上已是未知。

秋天的远处迷蒙了路径，改变不了的距离还是千里之外。一个人影还摇曳在路上。带着飞雁和红叶。风呼啸着在追赶着路人。来年的今天，枫叶红的时候，那个身影是否还在路上？

落　花

风扯碎了春花纷纷洒落，衣襟的嫣红和我的身影落在路上。

一片片花瓣的决绝，所有的过去戛然而止。雨送了一程又一程，没有一句告别就把春天丢在了身后。我不想说明年的今天，怕雨会湿了我的夜。

时间编织了谎言，欺骗了一杯香茶的真诚，让一个个故事一一冷在路旁。我用沉默自说自话，知道回忆只是一朵枯萎的花，夹进了我的书页，随时会被打开。

回首，花还在落，在回忆里，却改变了一种色彩。

枯　荷

没有了荷花的依恋，一片片荷叶憔悴了容颜。

灵魂里的唐诗宋词此时也只是一首挽歌，沙沙声在秋风的苍茫里。远离了诗笺的絮语，繁华易逝，孤影无依，廊桥也无梦。在秋水含烟里，还有若有若无一个背影。

一幅水墨的意念怎能吟咏决绝？怎能把水底的一颗心捞出水面，再次临风？一场大雪来临，一切重新来过。

高粱红

我像秋风一样在高粱地里奔走，拂过每一片田地，捧起高粱沉甸甸的相思，问是不是在等我？

高粱低着头，把积攒了一季的话给了脚下的土地。我贴在地上听到了秋声，听到匆匆的脚步渐行渐远。红高粱也随着脚步离去，在秋天的故事里留下一个谜，谁能猜透高粱将把相思种在哪里。迟到拉长了距离，在秋天的尽头雪花飘舞。

无数个火把染红了秋天，也染红秋天的绝唱。

落　红

窗内无数个幻想都在灯影下滋长，还有书案上一首首写给春天的诗，我知道你隐藏在春天里，像风一样轻敲着我的窗子，敲落了白天和黑夜。

一朵朵红梅的心事绽放在枝头，春天想给她一个拥抱，最后却含泪而去。梅也伤心地落满诗笺，浅淡的拥有总会瞬间消失，或真，或假，或一生痴绝。

曾相约在春天，我和你又一次擦肩，一地落红。

散落的紫花

这是春天不小心丢下的心事，没有任何人能捡起。一些凌乱的草不知所措地呆守着紫色的忧伤。

薰衣草一样的颜色，薰衣草一样地爱过、梦过、哭过，而留在那一缕清香里的娇弱太迷茫，留恋只在每一个夜晚随梦而来，随梦消失。

从春夏而来，秋天却没走过去，一下跌落在霜花里，彻底改变了自己。

在风中

风摇晃大树，也会摇曳每一朵花，摇落的是繁华，笃定的是根深蒂固。

荷以自己的姿态站在水里，守着水里的影子，不蔓不枝。多少人路过，没有带走她一丝清纯，只是在回首里。

一阵风，又一阵风，吹皱了时间，吹乱了相望，也吹乱了一湖夏天。

在风中，荷花摇曳着开了，落了。注定的命运深陷进湖底。

月　圆

在夜里我想画一轮圆月陪我。一年三百六十五天的选择，用墨太重，窗外一团漆黑。

借一枝梅的故事，我把故事诠释成碎片，是我错误地打乱故事的章节，以至于每一碎片上都有，一片落花，一滴泪。

泪淹没半个月亮，一半在水里，一半在天上。夜的岸孤寂得只有虫鸣，而我是夜的风笛。

一场雪

一年的追随在一场雪里结束，风还在冷冰冰地追问，而我只能用背影回答。

一种意念一条路一个梦想，用尽了春花、夏绿、秋凉和冰凌编织一个花环，献给我自己，我仍将继续，继续我的沉默。

带着一朵雪花走过竹林，在竹笛的缥缈里，如花、如歌，如姗姗的来迟又别离。雪花留下一个苍白的句号。

把断弦的琵琶留给这个冬天，那个湖畔会不会有人发现这个温暖的记忆，雪花一片一片飘落，掩去了琵琶的余音。

一场雪，一个背影，一把琵琶，这个冬天。

飘　雪

我追着漫天的雪花而来，这是上天撕碎的梦，还是银河溅落的浪花？我捡起的却是一滴泪。

总是想摘一朵雪花别在发髻上，走在旷野，身上披着整个冬天。我伸开手任这小绒花轻轻滑过指尖，想抓住这个冬天，在空白处抓住小小的冰晶，也许那是秋天忧伤的凝结，刺骨的寒风如利剑穿透我的伪装，我只披着这件飘着雪花的外衣轻轻起舞，而又在这空旷里无声无息。让所有的思绪都蜷缩在雪花的纷飞中，不再逸动，不再回忆。

我在窗外，而你在窗内，我只把一朵雪花贴在你的窗子，然后随另一朵雪花飘然而去。

屋内和屋外只隔一道门窗，却是春和冬的距离。你推开门喊着我的名字，寒风呼啸，只喊来一场飘雪。

花

静静等着，春风把我从梦中唤醒，在阳光下我还是花的样子，悄然地开，在你走来的地方。

在春天的岸边，我的影子倒映在水里，我不能适应这种反差，所以从自己的方向望向春天，姹紫嫣红簇拥着花影。

月还能摇动花影吗？波光涟涟里幻化了一切，只有月还在春的枝头蠕动。在你抬头时。

月

我空想着，窗外的月亮，无论圆或者缺总是让想象遥不可及。画在纸上的月和文字里的月似乎很近，近得让我成了月桂树下的守望者。总是告诫自己不再触及月的文字，怕自己一不小心，也会像月亮一样掉进水里没有人能捞起。

望着一缕雾色掩去我的夜，还有真实的月，我只是在窗内看着月遗憾的影子，月也许圆了，还是在水里吧。

门　外

风雨和你的季节一起被拒之门外。门上的暗影欲言又止在夜的初始。

流星划过窗子，从缺口处推开夜，一地的空白只能承受一声叹息。还是那个竹笛，可是竹笛里流淌的是水声，它碎了月亮的心事。

冰冷的风在门外，雨已成河，而你望着一河浪花走远。

门外风还是风，雨只留下一颗冰心。

竹　枝

一棵一棵竹子在风中摇曳。春天还在幻想，还在想把春花嫁接到竹枝上，竹子摇了摇头，让那些花的虚幻飘落尘埃。

竹子的海，泛起别一番声音，绿色里暗藏的影子，在太阳下慢慢萎缩，又在月影下沉默。夏主宰了一种疯狂，又在秋色里低迷；冬的方向里冻结了沸腾，满天的雪花，铺天盖地地来临。竹子低下头，思索结束和开始的落差，在雪花的背后该如何写就誓言。

竹子不能成就自己，却成全了竹笛，萧萧寒风中，一曲冬雪悠扬在羊肠小道，那个走去的背影一去不回头。一串脚印，一条路，一个远方。

日　出

一个个梦在夜色过去后，化作万道霞光，穿过浪涛滚滚，穿过云雾缭绕。

迎着光芒的云燕，呐喊着冲向云霄，又在浪尖炫飞，扑向海岸，在望海崖上。倾情地泼墨，在人海和万物相生相惜处，谱写每一个音符，每一个章节。初始不断上扬及至高潮，又在思索中沉默，回首，一个长长的里程。把什么放在心里，什么依然放在路上。

烽火硝烟，狂风骤雨，在万山中迂回，又在大江大河里川流不息，历史的那一页，被清晨的风轻轻掀过。阳光下又在万物复苏时开始了新的篇章。序曲里，一对新人踏着晨光而来。

黄山迎着朝霞而来，小船载着梦幻而来，花儿带着露珠绽放，竹海沉默，松林那压不弯的情怀，用汉字在天地间书写一个"爱"字，只为这个春天，只为这片土地。太阳缓缓升起，跳出云海。

彩　虹

阴与晴飘荡的丝带，是风雨施虐之后的美丽，伪装的一切突然变得透明，就像一场噩梦醒来面对清晨，推开窗子，一切都已过去。

七种色彩里的七个音符，我不知道触碰到哪一个才能发出生命的强音。风牵着我的手在七弦琴上轻轻拨弄，我却听到雨的声音滴进我心里。

彩虹系在枝头，等解风情的人路过。

写　意

把晚春的意念一丝一缕撒进水里，春天的序曲从这儿开始。

我把影子也倒映在水底去谛听，几条小鱼也来凑热闹，一阵风匆匆而来，打乱了所有的程序。我听到一个春心在萌动。

春天的湖畔写意几个疏影，回首的那一瞬，几朵落梅下，却有淡淡的诗句。

留　白

远山，近水，彰显了秦砖汉瓦和那一处杂乱无章的花丛。

汲水的少女不懂得深浅，只知道一桶清泉是自己清澈的身影，把汗水盘进发髻，还有那熏染的清风和她一道来来回回。

白天和黑夜，太阳和月亮追随到柴门前等着她微笑回首，她没回头。

门里门外留下一处空白。一张白纸画上一个汲水少女，一个门槛，留出太多空白。

有梦的地方

幻想在墨色里走笔，涂抹每一个空间。也许在河的彼岸，预知你会在那里。

丹顶鹤的秋天是什么样子？是不是一片湖天，不管风云变幻？在芦花飞飞的季节，你和丹顶鹤一样停留，起飞。秋天的故事总是多了点寒霜，也许一个梦的散落，让你从此纠结一生的守望。

如果春天给我一次机会，我一定会化蝶追随在你的背影里，在一个竹林深处，湿了的翅膀使我重新蜷缩在茧里。

停笔注释了我的存在，黑与白被一道伤决然分开，当一个春天扑面而来，我在有梦的地方若诗若歌，若有若无。

门窗之外

窗外一片天。门外一个世界。

当花香飘进窗内，几枝红梅微微一笑春天就来了，把一抹嫣红镶进窗子的木格格里。一个梦也许就是这样发生的吧。

跨过一道又一道门槛，走到门外时春天已经走远，夏也一晃而过，荒草连天的去处不知道面前的方向。想让笛声带路，曲子里的春夏一成不变地循环着，最终又把我带回那一道门，门外的季节仍遥不可及。

门和窗在编织一个童话，也许，我从童话里会走到一棵花树下。

山坡的花

总是望着天涯，望着白云消失的地方，以花的年华、花的姿势站在山坡，年年岁岁。

阳光的心，月光的情，浸透我一生的等待。远方很远，梦很近，身边的风听到我的呼唤，也看到我的憔悴。

有春天的绽放，没有春天的故事，一夜之间，花的心事落满地，也许是因为流星雨刺痛了脆弱的守望。

那些白色、红色、紫色的花儿满山坡，安安静静的，开了，落了，又开了。春暖的时候，你还在天涯。

光　影

映着太阳的光影，我感觉到了色彩缤纷，春生、夏盛、秋实、冬雪，都在我的路上。

走在林荫的深处，云朵遗漏的鸟鸣不能挽留一个转身，微弱的风总是在幻想美好会在一片绿叶上滋生成长为永恒。当我脚步走近季节的真实，绿叶悄然坠落为秋，我不敢相信存在的真实，季节的距离总是在我的想象之外，有过，消失过，一如尘埃。在路的尽头不敢再想象你会是在哪个季节，我才能看清。

雪花在眉梢还是在窗外，一袭温热在你眼底却不能融进我如冰的光影，你看着我存在，看着我消失，一滴泪啊就在我们的相望里。

浅　淡

一滴露水滴落一夜的美梦，没有来得及回味，已消失在地上，于是，我从这走开。

路上的晨光肢解了我眼底的忧伤，倒在地上的背影在风中拖得很长。和一棵树、一丛草相对无语。梦里人的悲歌还萦绕在耳畔，多少次让我回首，好像就在不远处。其实只有自己长长的影子紧随在身后。

当雨水一次又一次冲洗着时间，浅秋里还有一片荷叶爬上了岸，用残弱的绿色向着远方摇曳。

一个人走过浅淡的色彩，一低头跌进了荒草连天，那一抹秋黄。

门　外

几片绿叶敲了一冬的门，却让风打开了，锈迹斑斑的记忆里，还有手指叩门的声音吗？

门外的石头都说话了，绿草和花儿从石头的嘴角边滑落，就是一个春天。石头上还有一个人的体温，和久久的停留。没有人知道他和石头都说了些什么，为何能把一颗石头的心温暖出花来。风听见他说："你就在门外吧，屋里没有太阳，也没有月亮，如果你进门里就失去了外面的世界。"石头只是块石头，没有必要回答。它一直在门外。

一朵朵雨花溅落，打湿了那扇门也打湿了石头。

浮光暗影

那些拥有——焦灼在阳光下，风干了时光的记忆，只有湖面的荷花静若世外，静静开，静静落，花自飘零水自流。不问来过，不挽留离别，了无痕迹。

一份心痛打结，连同花间的寄语，却成就了遗憾。一些泡沫已飘散，一些沉默成了暗影。

许诺一个夏季，一湖荷花，却不能兑现相逢。一盏盏水灯在水波里飘去，也许可以抵达梦的彼岸。

行走的风

天空的白云和地上的油菜花一样，装满春天的心情，为了一次邂逅，天和地一样美，你来了，我也来了，春天。

百转千回的河流，流动从上古的风云到这个季节的湍急，就在一场春雨里，让伞的际遇无可言说，只能在雨花里走过美丽的日子，回首却已是远方。许诺的天涯都让云带走，只在一个黄昏里赋予笛声的浅唱低吟。

云散去，抹去了梦的底色，在送别的长亭外，长长的背影在余晖里慢慢淡化，夜在花香里就这样铺开。

风在走，在天地的缝隙里，摇动一春的欲望。

空 远

当我披着云披着风披着雾去迎接一缕晨光，我能否在山上成为一块石头，能否举着一棵野草说春天在这儿。

把自己简约成一个字，去面对空谷的幽深，我听到回应的风声和一声呼唤，但是无法听到岁月飘落的尘埃。面对远方送走一个自己又迎来一个全新的自己，远去的自己像天边的云一去不回头。

跟随这个陌生的我继续往前走，继续梦一样地去接受花开花落，一不小心把自己绊倒在古人的诗句里，跌进了芦花满天飞。

季节浓缩了背影，映红一片树叶，随风落，随风夹进书里，在秋的扉页题上一个新的名字。

另一片天空

撕去夜的黑，看到另一片天空。

阳光、露珠、树林和小草，还有雾一样的人影，掺杂着，碰撞发出风一样的怒吼，碰落的碎片落在小草的肩上。

一直扛到把自己也压成碎片。路上的脚步走走停停，最终停留成为路边的一处风景。

季节的隔离，携一片树叶告诉秋天的色彩，和那颗甜里带酸的心，芦花飞飞，随着南飞雁在秋天里走了一程。

一生的遗憾飘散。

另一片天，另一个世界，另一个人。

走进这片土地

为了寻找扑朔迷离的东西，我们走进了这片土地，泥土的芳香让我们回归自然。

想找到当年孔子睡过的一席之地，看看它的神奇之处，是不是在晚上没有一只蚊子敢飞来？我们找到了一人得道，鸡犬升天的故事，那条狗尾巴留下的那条长长黄沟吧，黄沟里的水一直是那么清澈，沟边的芦苇丛丛，芦花飞向一个寒冬，那是不是在给我们一个回答？

现代的人有了时代的面孔，一栋栋小楼掩盖了传说的痕迹。那绿油油的麦田还是让我们找到了大自然的本真，怎能扯下一缕雾带把这绿扎起来带走？文字在此时有点苍白无力，如果有一支画笔，一张宣纸能否带走这些气息？

离开这片土地，脚上沾满了早春的绿和泥土的香，就这样像风一样走了，我们每个人心里都燃起一炷香，在祈祷也在疑问。

湿　地

那望不到边的湿地隐藏了河流的却步和转身的情衷，涛声已远，在余音之处已荒芜了从前。

荒草连天的去处在诉说着一种空，站高的芦苇也在诠释着翘首的滋味。野鸡、野鸭可以在这个庞大的家自己做主，留不住的飞鸟，还是飞向它们的遥远，荒野又在期待中等待下一次的来临。

多少个身影来过，没有寻到飞鸟丢下的一丝眷恋，心也荒芜在这里，却找不到可以依靠的一棵大树，风吹来又吹去，把依稀的人影又带走了。

如果还有鱼虾和野兔，这儿也不是个冷清的地方。一个画家搜尽了灵感，在荒芜中没有画出一个停下来的背影。

触摸雨花

老河道的竹排上依然唱着老歌谣。迷蒙了烟雨，看不清的身影是我，也许是你。

登上老码头走去的人，和一把伞一样摇曳了远方，老街巷冷清得只有雨滴轻敲着门窗，却没有敲醒窗内的呓语，箫声寻寻觅觅地落在石板路上触摸着雨花，点点唏嘘。

谁把春天弯成了桥，一朵朵花梦一样走过。走进烟雨深处。

风　里

是怎样的风把一叶帆吹到天边，又把回首的路吹断？

跨过一道门槛却抹去了自己的影子，门里和门外是一个梦的距离。不知银河里的星星什么时间让风——吹落，把梦打碎成流星雨，吞没了夜里的人。

在太阳升起的背后，一阵风吹过。一地落红。

空　白

竹枝抚摸着雾的朦胧，一滴泪却落在自己心上，秋或者夏的背影里看清了自己的存在。写意曲子的惆怅，写意一夕月光。来和去都在不经意时成了岁月的漂泊。

一扇梦的雕花窗斜过来几枝春梅，在袅袅茶烟里是不是有个相约，昨天和今天在同一个窗内人影、花影摇曳着。以至于一切成了虚幻，如今花影婆娑，没有人注意那枝梅香冷艳了窗子。一杯香茶已冷，昨夜之曲流泄着月光。

我曲我歌。我梦我空。我冷我影。

一夜春风来，花落满地香。一片片花瓣上是谁撕碎的片影，还有决绝。

管仲故里

诸侯霸业消失在历史时空，还有一种精神酿了一杯酒，端起酒对月，对人，对事。谁醉，谁又清醒？

谁虚拟了风景？谁真实了梦？谁在夜晚去看老街？谁又在八里河畔？竹林春风阵阵，湿地公园多少流连，把花园小镇的故事讲给你听，滨河书院读自己，读世界，读出阳光和一轮圆月。

望远沙河的帆，淮河风情里多少春天的故事，有你，也有我。管鲍之交是颍上人的情意，是这片热土最诱人的气息。

在高铁站，在高速出口，远方的朋友来寻觅自己的风景，诗里的灯光，画里的文地春风。

在这里，也许有你想听的歌谣。

滴墨徽州

一

一滴墨晕染徽州的古气，从月下看街巷和门扉，叮叮咚咚里曾磕绊过谁的来去。

一只小船划过烟雨，把一路都交给了漂泊，影子和水有一样的波纹，一样一去不回头。

心的岸始终挂着弦月，把夜曲拨出徽砚的色调，千万个停留和转身在徽墨里有浓有淡，也许一次回首滞留了一生。故事不是被意念给了远方，而是在山岩赋予青松的顿笔，我有我在，我梦我去。把一颗心刻进石头，把一个个滴翠的故事刻进石头。又书写世态万象，就在一撇一捺里动荡情愫。

一伞，一人，一码头，一片花开。就这样被风写进春天，是诗，也是歌，在徽州落笔。也是黑白调子的滞留。

二

砖、石、木里隐藏多少人生的纹路，雕琢的喜怒哀乐还在墙壁，望去千年，刀、凿、笔、沙在时空里碰撞摩擦，打磨一个人，伤了一颗心。

一步一处纹路的酸楚，只有岁月的青苔才能懂得深浅，桥头的风雨，门槛的高低，马头墙的官、商、民都一一在粉墙黛瓦里写就。我的故事你刻，你的故事我画，因为一个"徽"字，我是你，你也是我。

一盏灯照亮一个"徽"字，仁义礼智信在人内心墨染了山山水水。立之为竹，卧之为山，行之为川。

以一个传说、一个人物，在时间中磨砺，不一样的我出现，在徽州那条巷陌。

三

从阁楼的一角到昨天，浮云飘过的窗口，是否有你举杯邀明月？

长长的老街巷晃动着多少身影，那些走远的脚步走进一个个门楣，牵绊的日子纠结着平仄的人生，当古钟再次把梦惊醒，谁还在诉说着门前一竿竹的故事？一枚树叶把身影打入水底，天还是那么蓝。

沿着一个个红灯笼的摇曳，风也迷失了方向，在一个旋涡里疯狂，而后消失，因为李白在此醉酒。

四

老去的时光消失在风里，那一棵经年的草还在老城墙上一年又一年张望远方。岁月的花瓣落满了足音，每一瓣都伤在那年的那天，还有那个人。

一个又一个身影背起未来翻过一座又一座山，去寻找山外的天，来来去去在岁月里痛了那双清澈的眼睛，月缺月圆在梦的长廊，谁知长廊在孤寂里有多长？香火袅袅缭绕了愿望，这一城的灯火闪烁，被牢牢地关进一座古老的城内。梦里的一只小船漂来，一个人终于上岸，将城门推开一条缝，却没有跨进门。一盏风灯摇曳了千年，还在一个夜里照着古老的城门。

一树秋色凉在门前，风撕下一叶秋，丢在徽州老街的青石板上，等着未知的来临。

五

在石板路上走着走着跌进石缝里，就成一朵花一棵草。一样的脚步走来，一样成为尘埃里的花。

晨雾朦胧前方的向往，人影和树不停地幻化。还是在祠堂里为某人某事做个定论吧，牌坊下的灵魂是哭还是笑，已忽略了念想。河水也不知投进多少痴情，而种子在岸上又萌生，一个个悲歌吟唱着，让船头的背影一次次回头。

一盏灯在夜里一直亮到天明，悠悠的箫声轻轻地飘进窗内，女人为谁酿了一坛米酒，又是一年冬天。

六

春风在寻找徽墨时，胡乱涂抹着一种心情。黄和绿的停留有了春天的故事，因为弯弯曲曲的小路和流水。

该用怎样的步子走在水墨的石路上，跨不过自己的影子，又让细流穿透了柔肠。总想给自己一个远方，而楼外楼山外山又是何等的风景。徽墨的横竖把一颗心钉在牌坊下，永生永世成了石头。

梦里只有黑白，也许是太阳和月亮的一个错觉吧，在背影锚下的地方，再多的幻觉都没有一丝痕迹。只是一个古渡口。

七

从一个圆到另一个圆，跨过冰冷的门槛，走过最后一道门回首是一条路，昨天一片虚无。

刻进石头、砖和木头里的人，原来是自己。在房檐或者门窗上望走了浮云，时间的尘埃落满眼底。那是谁的忧伤？在巷子的深处斑驳的痕迹，那不是戴望舒的雨巷，也没有戴望舒的诗句，却有一个油纸伞的背影在这雨里，走进一首古诗的韵脚。

是门把圆切成了弦月，古筝声声在白天和黑夜里。

几片梨花飘进圆门，碎影隐隐也许你在那。

八

风铃斑驳了岁月，还在摇响着风声。

那些风声里的花在枝头，雨花在地上。是谁触碰了季节的脆弱，马头墙外陨落嫣红的色彩，是三月失约，还是四月太过情痴，就这样忧伤了诗句，春天的镜头朦胧在烟雨里。

一河流波里一个离去的身影，一去不回头。山路弯弯在心上，谁又能走进，走出？

起风了，风声水声失落的言辞，谁在码头望穿了流年？

九

没有捡起地上的一个草帽，我就跌进了沧桑。长满青苔的足迹印在古道上，风还在山谷回荡我风一样的声音。

我踩碎了日子和身影，以为梦在山外，奔走固执的旅程，命运的迂回，让我知道了远和近怎样隔膜，又怎样化整为零，在每一个碎片上千疮百孔。一道一道弯里那些云雾不曾迷惑，为何路的尽头我成了风，成了路上一块石头，写就徽州的行程？所以传说着传说，梦幻着梦幻，在徽州古道上攀爬着古藤沧桑，驿站还有一盏茶等着一个到来，寺庙的钟声悠远了时空，把一颗心在一片云上度化。云一样飘远。

那一道圆门，我进去后风一样地没了。

花园小镇

风牵着回首，漫不经心的青藤把春花送到一个个窗子前，期待推窗的瞬间，思绪随之化为春风。

横的竖的线条编织着春色，牵绊多少走来的脚步。歌谣还在唱，唱着春天的故事。让化蝶的传说一次次重演，又一次次结茧在回忆里。

当把春天说成一条条巷子，不经意打开的一扇门看到一片新的天地。总想依着花香去谈一次恋爱，在柴米油盐之外，旁若无人地诉说着地老天荒。

走过一座座石桥，是谁丢下几串紫藤花，碰触了春天的风铃，却听不到叮叮当当的声音，馨香的信念挂满桥头。这个春天的小镇在花枝下款款和你相拥。

走过，回首，春天在小镇是一场花事。

洒 落

一些春花被风吹落在荷塘，扰乱的影子在水里成了墨色，成了梦的一角。

竹枝只是迎风摇曳，以一颗竹枝的心命题着未来，站在石头上遥望或者沉默，站在月影里看着自己的孤独。故事总是被故事迷惑，而故事的主角清楚如何结局。在春和夏断裂处，我将如何转身，就那么一步。

月在一汪荷塘，也在古刹之上吟咏人生的绝唱。

有一种温度

柳枝拂过水面的波光，有一种不言而喻的情怀，在春风中千娇百媚，桥头的脚步成了飞絮，把春天的故事一一虚化。

枝头几枚青果，是夏天的含蓄还是秋的直白？伸手触及苦涩，一刹那回到现实。岁月的雨浸泡了日子，在屋檐下滴落。走进走出，影子无声地丢在门外。枕着夜的漆黑，幽深的梦里拥有一弯新月。

梦醒的余温我看到自己，一叶老茶在沸水里浸湿了风尘，孤独着茶的浓淡滋味，足以品透流年。

怒　放

积攒一个春天的情思，把一朵朵莲花贴在一湖波光上，寄给这个夏天。

误了一树槐花的许诺，脚步积存的风声、雨声，都丢弃在路上。太阳烫伤了背影，依然让伏笔潜藏着未来，徘徊岸上的期待，望远夜的一个月圆。夏季呼唤的水声漫过一颗心，每一个漩涡撑起一片绿荷叶，及依傍的莲花。水波扰乱水纹，一念之间莲花绽放夏天的全部，一层一层的默写，一瓣一瓣的馨香，瞬息，绽放生命的光彩，写就一个浪漫之夏。

一盏盏水灯在流波中漂流，将带走此刻的那句絮语。初夏从一朵莲花的怒放开始，将是火热的焦灼，还是一片冰心在玉壶？

淮河韵

淮河从这绕了一道弯，种田的人唉声叹气在寻找曾经自己种下的种子，为什么全都长成了荒草。

土地还是这片土地，人却不是那群人，种地的锄头和镰刀，还有现代化的机器都用不上了，一点一点锈蚀在时间里。虚化了那一片绿油油的庄稼，稻花香飘散了，玉米、芝麻再也不会拔节向上。让远方请来的风景树占据它们脚下的土地，一群又一群人在树下拍照乘凉，说着诗情画意的东西，几个种田人穿上了黄马褂在不停清除那些人留下的垃圾，轻轻叹息：他们看风景也许不要吃饭，我们看风景也不要吃饭吗？只是不停地捡拾垃圾。

淮河在沉默中不停流，它也不知道自己浇灌的土地为什么不长庄稼了。没有春种秋收，那些种子都种哪里去了？

走向树林深处

从草尖上的春天到藤蔓的盛夏，温度在不断上升，以至于烫伤了脚印。

我不知道一片叶子的年龄是否会瞬间戛然而止，或者在苍老的树皮里隐藏太多沧桑。而我也只是行走的风，匆忙了时间，而和草间的小花一样来过这个夏天。

远方很远，树林的深处是否一样无可抵达？走去，在秋的沿线，也许云里雾里，也许在微薄的光晕，让我翻越了高山，走向树林深处。路上，带着自己的影子不离不弃，走去。

飘落的云影

小船划过我的意念，那些春花、夏荷、秋红、冬雪，所簇拥的浪花慢慢幻化了岁月的剪影，也幻化了故事的章节和最后的结局。我不知道应该置身在哪一种情愫上，才能知道自己的所在。刚刚露芽的芦苇刺痛云影，顶着一滴云的泪守在时间的河畔，期待一轮月亮或是太阳。

一群白鹤在河面飞起落下，落下飞起，与云影分不清楚。在河岸定格一生的停留还是就此离去，也许河岸给予太多的荒芜和苍茫，和白云相遇一见如故，把一个个朝夕留下。一颗飞翔的心一直没有落地，最终还是乘一片白云一去不返。把身后给了岸，给了川流不息的河流。

路在迂回，从近处到远方，一个身影穿梭时间的记忆，也穿梭一个真实的自己。放下路过的风景和那些错过的人，没来得及走进春天的故事就被风带走。匆匆，太匆匆。当把一句许诺允给远方，就在云的背影里学会洒脱，也学会遗忘，那颗云做的心在蓝天下也许不会被风吹落。起风了，云在哪？那颗心在哪？

小船搁浅了时间，在水汪汪的回忆里总是听到一朵朵浪花在歌唱。唱着彼岸，唱着天涯，转折时，一棵树摇落季节里的花，还有谁在花树下守着一个明天？

把枯枝、河岸、小船、人，编织成一张网，在时空里能否网住一片云影？当云霞染红河水，风无言，箫声轻轻落进水里，等着渔舟唱晚的夜色。

云影散落在花海，把最柔软的心事附在花儿的耳畔，说着说着成了花的故事，那些留言，写着难舍的别离，写着明天在哪里。

累了，停下脚步，放下担子，坐在属于自己小小的土堆上，喘息着。秋天只把云影和背影装进箩筐，为何云影那么轻，而背影那么沉。就这么压弯了笔直的身板。

朦胧的路，也许是飘落的云影幻化了今生。

秋　语

风倾情地改变了夏的色彩，树叶红了，落了，画了一个弧线的轨迹，风沿着弧线一直追到地面，想让叶知道和它同在。

躲在伞下的人，在说着别人的故事，和那些花影中的迷离。也许是走着别人的路，写着自己的诗，也许是抚摸着自己的影子，想让它站在岸边，不管能否看清另一面。藏在夏季的故事还依然如夏花，而生命中太多的感知却已麻木。

在一棵树下听秋声，在一个人背后听他的脚步从重到轻，一枚苦楝果落下，是不是和一朵花有关？

诸炳兴/绘

云影后的你

牛砚耕/绘

咸　菜

奶奶的一生都在腌咸菜，就像她自己说的日子就是盐粒，涩涩的，如眼泪，一粒一粒积攒了每个三百六十五天，妈妈延续着依然用那个咸菜缸。

从小我们就没有偷懒，小脚丫就在田里追着羊跑，从春天一直追到落雪，即使脚被扎破了，即使脸和手冻得红红的，我们总是甜甜地笑着。姐姐说我们是在追赶太阳，脚步慢了，太阳落山后我们的梦想就实现不了了，因此挖一竹篮野菜后，我们还在不停地奔跑着，都希望能实现自己的梦想，也许仅仅是想逃开咸菜。

躲在一丛小花里，我仰望树上的鸟窝，那鸟是不是也想逃开咸菜，它们有双翅膀可以任意飞翔，我选择跳出咸菜缸躲进破旧的书里，在音符里像风一样走远。

咸菜，咸菜缸，还梦里梦外地出现，我是想奶奶和妈妈了，还有属于我们的味道和田野。这时我不想再逃开咸菜，那是我最初的味道。

背　影

一幕落红，一柄桃花扇，在吹笛人的背影里渐渐模糊。水上的落花啊又带走谁破碎的梦。

余香飘散在一个长长的雨巷，雨巷的姑娘又在哪里？多少来来去去，消失在雨巷的深处。你的雨巷，我的雨巷，也许蓦然回首，它就迷离在眼前。

那弯月一直追随在我背后，它在夜的窗口，默默地和我对视，我又把它带进了梦中，而我还在梦里徘徊，迎着晨风，泪湿了我的脚。在寓言里。

我背影里能否找到那个你？你的背影里我还在。一只蝴蝶飞进《梁祝》的曲子又飞进了花海去寻找另一只。

守　望

坐在门槛边，等着春风梳理一冬的凌乱，春雨却打湿花伞的回忆。

等着，在桃树下，在梨园里，在一个诗笺上。我说着花开万千，说着不染纤尘，因为蝴蝶飞进了我的童话，在《梁祝》的故事里再也没有飞回。我放下一只纸船在水里，它只承载一个字"爱"就被雨打入水底。我无奈而去，把一首给你的歌留在雨里。

守望春天，守望你。

回家的路

离开家的时间太久，回家的路很漫长。

脚步在四季里匆匆，重复自己的不知所以。给自己撑一把伞走在路上，走过一年又一年，走丢了青春也走丢了爱我的父亲。也许路弯了，走远了。人总是从零出发最终归为零。累了，想到回家的路。父亲一声咳嗽把时间终止在一片荒土里，于是，他最终以土堆在那等。

童年还在梨树下摇曳着花枝，回家的路在哪？望着家的方向，家在梦里，却没有路能回去。

相　距

清晨在一束光里相遇又遥不可及。面对的是晨风轻轻而过，就像你，我看到了这一天的开始，你看到了我。

我不知道两片树叶的距离到底有多远，也许是一个缝隙，也许是一个季节，也许是天上和地下。夜里，我和你却是梦和梦的距离。

房檐的雨帘隔开了阴和晴，你有你的月亮，我有我的太阳，我们相对雨帘却还说着各自的梦话，被雨滴一一打碎在地上。

我许诺了一个春天给自己，日子总归会有场花开，和你的距离又远了。

烟雨里

坐在生命的阶梯上，放下一柄伞，任我是你诗里的一幕烟雨。湿湿的背影再次回首。

你许诺我一叶扁舟，陪我一生漂流，站在河岸的我等成一弯新月，一年又一年，一阵清风把我吹落在水面，我独自漂流沉入水底。

远山在你心里，白云在你梦中，而我自愿在烟雨里来烟雨里去。最终在白纸上自说自话。

烟雨，因为我，因为你，化作泪，滴在一个人的世界里。

过　桥

花瓣落满的路断在桥头，桥上的风景只是过度，另一端走来的脚步。

我在桥上看云，你在远方看我，投影桥下一汪波心。那些日子无声而去，那些过错还在继续，当我们各自在桥的两端，桥上的月却为谁缺了又圆，圆了又缺。

缘分在时间里流逝，所以我们背离春天而去，一个在夏日里炙烤，一个在寒冬里冰冻。

风中的寄语留给了竹笛，水东流，人天涯。

桥向你忏悔，向我沉默。你我已过桥。

徽州女人

跨进一个门槛，在柴米油盐里守着一个人丢下的背影，期待他的回首。只知道他离去的码头，却不知他的漂泊。

时间是一把无情的剑，一点一点削去了青春，也削断了他回来的路。多少破碎的梦包裹着一盏灯在黑夜里摇曳，不敢走出门怕碰上一句无情的闲话，也不敢迎视望来的眼神。

躲避在一扇门内，庭院深深埋没一生。你徘徊成夜空的月亮。

一些人

风触碰九合塔上的风铃，这种声音从远古轻轻落到这座小城，那些听到铃声的人们警醒地发现丢失了人的身影。

一些人失眠，一些人把自己灌醉，一些人傍晚还在走自己的路，一些人把一壶茶泡进一生。

还有一些人走进书里，读出一丝光亮，事事的藕断丝连牵扯着心的低吟浅唱。登上塔是否可以许一个心愿，让这爱做梦的城醒来也读读圣贤书。历史的脚步太过匆匆，转眼这一城花开又到了秋天，谁的一双手能捧起飘落的美梦。

九合塔的风铃一声声，飘过夜窗，在满城灯火里迷蒙。

一片远天

云水过往也只不过转瞬即逝，脚步总是在路上，不管是不是走着别人的路，做别人的事。那些来往的帆船披星戴月朝向自己的彼岸，因为码头一个等待的月亮。

我写意自己的人生，你的一个回首改变了我的色调，在秋天的落笔处只写下你的名字，诗意一般，回想、揣测、误解，最终涂鸦你所在的天地。

远处一片天成了一堵墙隔绝你我，我停留在一处，而你被花丛簇拥，遥望给了我们的江湖。

那个地方

爸妈起早贪黑的地方是一片干净的土地，除了长庄稼，长草，再就是长出我们这群孩子，小猫、小狗也会来寻找我们。

风把爸妈的青春带走，那些白发如茅草一样越长越旺，和一些发生的故事也在疯长，匆匆的身影变得踟蹰而沉默。我们走进一个故事又在这个故事里去了远方，留下小猫、小狗吵闹着，太阳来了又走，月影还在那一树槐花香里痴迷，被一阵微风吹得纷纷扬扬落进梦里。

这片土地是热的，土里的一双脚是热的，就这么走着，一代又一代相同的足印烙在这片土地上，于是有了一个又一个春天的来临。

我回来了，找到了我的家，妈妈站在门口，爸爸却陷进土的深处慢慢下沉成为一粒尘土，我一声声的呼唤就像风吹过爸爸种的麦苗，回应我的只有望不到边的金色麦浪。

那个地方一轮月亮照着村庄，却无法照进那紧闭的门窗，一些该有的故事都安静了，在等着秋的到来。

花落路上

你走过我的背影，我走过你的梦，真实的你我从此在面具下变得冷漠虚伪。季节隔断所有想你的夜，月关在窗外，连同那谢完的花枝，萧瑟的晚风还在窗外徘徊，没有你启窗的应答，风一直流浪在梦之外。

总是想捡起所有的花瓣，却无法捡起支离破碎的故事，脚步的拼凑也只是伤痕累累的痛，没有呻吟，没有泪，也没有表情，任这不期而遇的雨冲刷流失的时间。

花落路上，一阵风把它累积在心里还有那个月影。

别

还没有松开你的手，就见秋叶隔断了我与你相视的沉默，一场爱情就这样将在一个冬天结成冰凌。

那些说过的言语在月下已苍白，你丢下一个长长的黑影，而我却在风中省略一次次的回首。花谢的境况在泪水里模糊了昨天的底色，而我走进永远的夜。

面对风把芦花吹远，面对雨淋湿一段路程，而我只身狂奔、呐喊、喘息，到最后躺在地上成了一棵枯草。

我冷了，这个冬天的梦已破碎如雪花，我不敢捧起它，怕侧身时会是泪。

我走了在你的路上，你走了在我的痛里。月在背后形成一道剑光穿透夜的心。

海棠依旧

时间忽略了多少个春秋，当春风又来时，你依然在窗外微笑。

时光化作点点嫣红在推窗的一瞬间，扑面的相逢不可言说，只是让久违呈现一片芬芳的春色，也许是注定的情愫让你这样出现，惊艳得不可拒绝，我以一丝清风、一抹朝阳、一缕月色和你相拥相惜，而你默然摇头，思绪落了一地，最后又转身在春天，只让那悠悠的芬芳飘逸在我心里。

晚春里去回忆，去想象你。我却成了一片落花。

在某一个春天的某一天你又在窗外，而我却在窗内，无法再推开那扇窗子，只能隔着窗子望着春天的你，你还在窗外微笑。

回　头

大片的荒草黄了枯了，陌生的人依然陌生，拉不近的距离就像天南地北的方向。该发生的故事都在发生，还是没有结尾，序曲在断断续续里没了激情。也没了人影。

找不到走过的地方，听不到昨天的风雨声，你还在不在那个春天，槐花飘飘的树下望我等我？

村口的月亮藏进荷塘，再也捞不起来。一如我们的故事沉入水底，苍白的过去里看不清一点真实。

荡过的秋千和你一起荡远了岁月，朽断的绳子还能系住回忆吗？姐姐的嫁衣被泪打湿，我一步一回首沿着姐姐的身影走出了村子，而我的泪一直在诗里流淌，结冰。

回首的那一刻，物是人非里，回忆也是模糊的，只有诗还流着年轻的泪。

雨　后

一场雨后我的泪还在脸上，回忆和雨一直在身后追着我的影子。把脚印深深浅浅留在路上，不容回首。

爸爸去哪了？他已走出了家门再也不会回来，妈妈呆立在门前的槐树下看着花开。我的微笑是妈妈心头的暖阳带走了她的冬天。田里的麦苗疯长着希望，妈妈蜷进无边的麦浪，我只是望着，听着麦浪和妈妈在呼唤我的乳名。没有了爸爸的家，妈妈，还有麦田都是我生命的所在，因为土里深埋着我真实的根。

雨停了，我离家还很远，一缕炊烟的温馨在村子上空，回家的路一直在梦里，雨后，槐花是不是又落满在妈妈面前。

如　果

在一场花开时，我带着你的情怀走远，望着飘着的雨花，缤纷了我给你的距离。

载一船希望划过你的心波，在激滟的思绪里漂流，浪花的歌一直在船头，而彼岸无你，望归的大雁捎回一个冬天。你把自己遗忘在我身后。

梦总是在清晨醒来，你循着梦的余温追到码头，一河波光，一河远方，你喊出了梦的声音，喊远了一颗心。

无数个假设在落花里，无数个如果乘上那只船，如果一江春水向东流，而你还在码头，假设了一场花开。

在村外

一个梦被拒绝在村外，我再也不能像村里的那些槐树一样在春天静静地开花。总是在想象，花香飘到每一个窗前，把春天最美的剪影丢下。

村前的路已被截断，父亲的呼唤也被截断，我再也走不进那个家门，也许父亲还在张望，还在那等我回家。

芦花飘着的那个地方再也没有了童年，芦花还在深秋里飞着，我没有再采下一束，也不能在那盼望着会有一个故事。我没有了眼泪，没有了梦，陌生的地方面对陌生的人群，我没有了笑，心冻结在一个冬季，在远方遥望那片我曾生长的地方。

真希望我是槐树落下的一粒种子，在春风来的时候重新发芽，长成一棵槐树，静静地在村前等着一个归来。

洗　澡

夏天我们像一个个泥鳅，从水里钻出来满头满脸都是泥浆，笑得如一朵朵浪花。

爸妈怕我们钻进水里再也出不来了，所以每天都会趁我们熟睡时在我们背上涂点锅灰做记号。到了晚上如果记号不翼而飞，我们准会被罚。所以我们也会互相打掩护欺骗爸妈。最后还是会被识破，跪了一夜。我们不敢再玩水，望水兴叹。于是就捏一个个泥娃娃让它们下水。它们不会受到惩罚吧？

一个打水漂溜走水里的故事，夏天就在太阳下火烧火燎，爸妈的眼睛在背后死死盯着，不由得左看右看。

纸 花

我摘完一个五保户新坟前的纸花，以为那是春天的花开，是最美的花，偷偷带了回家，迎着妹妹的笑脸，插满黯淡的土屋。

母亲把那些花扔进村外的水塘，还想用鞭炮炸飞无知的罪过，妹妹的笑慢慢地离我越来越远。

在一个冬天的黄昏，大片的雪花从天而降，好像天上撒的一朵朵白色的花，一点点裹紧妹妹的瘦弱，又带着她慢慢地飞了，飞到我们去不了的地方。

于是，那些纸花从此离开春天，在黑夜里让我恐惧，因为它带走了妹妹小小的身影。

写在夜幕上

摊开夜色，把心事写在夜幕上，时间的笔有点冷漠，不再发现星星的那滴泪，也不再问及月亮去向何方，用夜的静去感知晚风轻轻而过。

你的影子我画不出来，因为和夜色一样黑，只想把文字的沉重一点一滴地交给这夜。我不会发出磕磕碰碰的声音，即使你迎面走来把我推进夜的深渊，我只会是那颗离去的流星，在你遥远的梦里。

不想让我的脚踩进你的视野，也不想让我的歌声在你耳边回荡，只在一个梦里给你留下一片红叶随夜风消失，面对夜，面对你的远，文字涂黑了窗外。

夜很黑，一片灯光阑珊处不再有一个回首，梦的走廊太长，太长。你会不会从走廊的另一端走来？

一个身影在夜幕里摇曳，如一点萤火，也是一滴泪。

一枚红叶

这是夏天寄来的一份红彤彤的思念，还是一颗受伤的心。

从瓦片的缝隙到一个不为人知的角落，风把红叶一一送去。瓦片没有读懂把它拒之一旁，一个个脚步踏过，成了尘埃。挥不去的是一个影子，唤它成伤，想它成梦，或许一个呓语就会在枕边。

回望的枝头你似乎还在，告诉我那是一个秋天的决绝，也是从此天涯，相望。相忘。

不要说雨是我的迷离，就在我们擦肩而过的季节，那枚红叶在诗里缤纷。

回　首

多少次的回首，望远一个春，望远一个秋，望远随着季节的风而去的身影。

花开的时候，曾经停留在春天的脚步，因为走来的你。无言地相视一笑，留住了青涩，没有一句话可以对我说，就像你一直傻傻地凝望着，花枝在风中轻轻摇曳，那滴清澈的露珠轻轻落下，我伸出的手捧起的却是一滴泪，转过身把它藏起，仍微笑地望着，你消失在柳荫深处……又见一只蝴蝶翩翩飞来……

留不住春天，留不住你。

红的、白的花瓣在风中飞舞，那是梦里遗落的只言片语，飘进一个世界，尽管脚下的路没有尽头，我还在为着美丽的瞬间而相守。想采一片白云包裹思念的沉重，回首相识的季节，那个路口，久久停留，让太阳走过，月儿走过，而唯独留下我和这一地落花。

多少陌生的身影匆匆而过，就像岁月没有一次侧身，而我和落花在冷冷的风雨中迷离。

没有一首诗可以容下我的呼唤，没有一首歌的旋律能代替我的心，只有在一个黄昏望着晚霞慢慢淡化孤独的足迹。

再回首，花还在落着，没有了蝴蝶的影子，我还在走着曾经的路，等待着一片秋天的枫叶会在一个早晨红透。

半句留言

走着别人走过的路，苦了，累了，站在黑夜里，回头。

不见了来时的路，不见了我长大的茅草屋，拂去眼里的浮尘，我像父亲坟上的茅草一样在风中摇摆。

点燃纸钱送去我的安慰，不知父亲是否感觉我走近了，他还会像以前一样唤着我的乳名，给我梳着长长的发辫，把他的爱编进我的童年。不能找回过去炊烟的温馨，风吹来时，在家的方向那棵槐树也许花儿又盛开了，那如雪的飘飞依然会入梦。

亲情的淳朴，日子的清淡，花一样的少男少女都流落城市的霓虹灯下找不到一个家。来时路上的草已被泥水永远埋葬，坐在夕阳里的老人还抽着大烟袋，思索昨天、今天和明天，烟雾中的他已看不清月亮从背后升起。

丢掉的岁月在酒杯里，是苦是甜，只有自己清楚，一杯一生足矣。

再一次转身，很多的画面已模糊，风雨里失去了色彩，让一片秋叶完全遮掩，还有诗笺上的半句留言。

梦之夏

一顶草帽丢给了夏天，乱花丛中的阳光依然炙烤着脚步。一阵风吹过田野，麦苗被追赶得踉踉跄跄，摔成一粒粒成熟的思念。再次种进黄土，种进人的心里，明年的春天又将生根发芽。

我沿着父亲的路走过田间地头，看到他的希望荒芜了一生。草和玉米裹紧了的日子似乎很慢，在黄昏模糊视线时才知时间快得脚步都无法追上。父亲赶着太阳和月亮走着走着走进一堆黄土，我追上时那堆黄土上已荒草飘摇。人声、庄稼声、雨声交织混响成田野的风，吹来吹去，让每个季节的停留都隐约有父亲的咳嗽声，及对儿女无声的呼唤。

我学着父亲的样子走路，在家和田野之间。我翻过春土，种植夏天，本以为汗水会浪漫成一句诗一幅画。我低着头，那些沟沟壑壑一一陷进我的额角又烙进我心里，当生活的碎片洒满我的夏天，梦沉入水底生出一朵清凉的莲花。

脚步、花、田野，凝成一缕炊烟渐渐变淡飘进梦里，谁捡起那顶草帽带走了我的夏天？

荷　花

村前的荷塘里有太多的故事，就像一朵朵荷花，开了一个夏天，谢了一塘秋水的回忆。

妈妈的故事里可能仅仅有我们这三个女儿，大姐是最完美的一朵荷花，无可挑剔得让妈妈感到自豪，特别是大姐一双巧手可以纺线、做鞋、做饭等，还把我背在背上，拉着哥和二姐一同走在泥泞的路上，慢慢长大。二姐是一朵愁眉苦脸的花，她总是会用大眼睛瞪着我，妈妈也这样瞪着她。

一塘荷花开了，在风雨里摇曳着。冬天的荷塘彻底露出底线，把所有的荷花都隐藏在记忆里，没有谁再能唤醒这一塘荷花。也许在一个遥远地方荷花开得更艳吧。

他乡的荷塘月色梦一样透露着乡愁，那朵荷花似曾相识。

豌豆花

这是一朵朵甜甜的小花，梦一样在田野里捉迷藏，闪烁在爸妈的希望里。

我从妈妈的身边爬到豌豆秧下，躲进一朵花里。任妈妈的呼唤声吓得鸡飞狗跳，触及村子的角角落落，而我亲吻着豌豆花，嗅到春天涩涩的香香的味道。却没有追上那只白色的蝴蝶，一个跟头，爬起来，蝴蝶飞走了。

我举着一片树叶走向妈妈，妈妈夺下树叶，让我跪在地上。

背后的豌豆花可能都枯萎了吧，我真的无处躲藏了。

梨 花

它是不是我好哭的妹妹，梨花总是笑得那么甜，即使在雨中也是花枝乱颤。

她一脸的忧伤，让长发掩去了泪眼。我在她的泪光中太遥远，恍若隔世。伴着她长大为什么不叫青梅竹马？给她擦过多少次泪水，却怎么也抹不去她的委屈。她总是对我摇头，我给她的诗她不懂，给她唱的歌也不能让她感动，于是，我和她一样忧伤。

在一个春天妹妹走了，依然是那么忧伤，就像梨花纷纷如雪，只对我说，哥，对不起！我心已碎，她就这么走了。但还是走不出我与她梦里的相遇。

梨花开了，我发现它哭了，就像我爱哭的妹妹。

清明节

清明节快到了，我第一个愿望就是给爸爸上坟，就是想看看爸爸坟上的野草，想站在坟前去回忆爸爸的音容笑貌。风吹过我身边，望着无边的麦浪，好像是爸爸无声无息地走远。

刚下过一场小雨，地上湿湿的，也不怎么粘脚。走在熟悉的小路上，一些小草已经绿意葱茏，杨树也冒出新芽，人陷进麦田的绿会走不出春天，随手抓住的柳丝有些惆怅，那些迎春花若有所思，因为它们不知道那场雨留下的是不是一滴泪或者是更多的无奈。我从这儿走过，童年、青年、离去、回来，丢失了太多，但又无可寻觅。回忆的点滴，总是遗憾，或者一声叹息，想要留住的都已远了，就像我离去的爸爸。想要珍惜的，很快都凋谢了，就像路边的小花。依稀的往事，依稀的身影都被风轻轻吹去，童年的芦花总是在一个秋季飘着，如一个梦，虚幻了一切。村前的荷塘干枯了，那些荷花、菱角、芡实、浮萍草总是那么真实而亲切，但是现在已销声匿迹。

荷塘边那个哭鼻子的小女孩，现在是否还在流泪？也许她已走进一处风景，在一首诗里，一首歌里，停留，回首。她脸上的泪无人能够擦去，也无人能懂，风知道，雨知道，因为路上那些脚印。跌倒，爬起，绝望，空白，最后在夜的深处打开一扇窗，她看到了星星、月亮，面对夜的黑是如何的绚烂。背过身看到自己的身影将如何置放，如何走出这道门槛。逃离人群的喧嚣，世俗的冷漠，把一颗心在幻觉中慢慢放大，容下一个太阳一个月亮和一个真实的自己。花开的时候她在，花谢的时候她在，在红叶飘飘的时候她在风中，她在路上……

拾不起身后的那些荒芜，看不透对面的那一个人，弄不懂一次次隐忍，提起的笔陷入一种折磨，真的不想让那一滴泪默默再湿了春天的那一行文字，因为怕窗外的那个人发现她哭过。怎能一笑而过，在阳光下唱一首歌，让妈妈听到，当看到一只蝴蝶飞来，那也许就是她真实的一面。

走过姐姐身边，她在忙碌没发现谁来过，走过哥哥身边，哥哥没有认出来。她义无反顾地走进了自己的围城，满城烟雨，满城的玉兰花飘香时，却没有向她走来的身影，也没有一扇窗为她推开，马路边的灯一直等到天亮，在一片空白里。她想用一个断章挽回一丝怜惜，不能，因为城外也如此，匆匆的时光里都是陌生的擦肩，在和不在都是那么淡然，意念总是无尽，在路上……

走过多少路，远了多少人，回家的路只有一条。路这端的我，另一端的爸爸，再也无法走近，只有站在坟前和爸爸用心灵默语，纸灰被风轻轻扬起，吹远……

另一面

透过一片落叶看到一首诗里的那个人。

也许是那个你，遗失在河畔的风里，只有人生的绝句还在喟叹一个晚秋。

对着一湖波光说着自我，说着明天我将去哪里，多少次诗里画里许诺一个归宿，而在一个人的路上我却是那秋雨轻轻地洒落。

一片树叶隔开了我和你的季节，在你的另一面我只是一个剪影。

那片春天

因为那些文字的幻觉，我沉浸在书的序言里，也打开那儿的春天和你飘然的身影。

每一个文字开出一朵花，芬芳四溢，每一次感动都是蝴蝶飞来的只言片语，是谁舞动了春风，联袂的心事随之而灿烂在最深情的诗行里。就像你读过我，我读过你的丝丝甜蜜，飘逸的衣裙朦胧了目光，轻轻抱起那份温馨徜徉在花草的世界。不要打扰我的梦，一页页的文字层层叠叠翻不起我的缱绻，一些云片，一些绿意镶嵌在梦的波纹里。不要喊我，走进书的最后一页，那颜如玉、黄金屋的光环和我相对无语。似曾相识的人，似曾相识的事都沉寂着。

合上书，合上这片春天，我的每一天依然还会悄悄打开，春天依然会扑面而来。还有你。

如 果

假设了河，假设了船，还假设了你。

我无法假设自己和你同在一条河里，无法假设我就在你的船头和你一同漂流。我真实地站在河畔，望着你远去，等着你回来。

也许我可以是你手里的一柄伞能给你遮风挡雨，也许我是你摇船的桨，主宰你的方向，也许我是你的影子和你在水里相望。一个个的假设让自己沉醉又让自己忧伤。

假设给了我太多的幻想，以至于我忘却自己在哪里，诗里画里太美，转瞬被风吹散。

船娘的歌声回荡了我们的真实。山在回响，水也在唱。云烟深处水茫茫。

如果你在，如果我在，两只小船是否会再次错过？

懂 得

所有的话埋在心里，路走错了可以回头，人生不可重来，错了的缘痛了一生。

无法躲避的残酷，把你一次次推进旋涡，沉浮，挣扎，也许再也找不回那个自己。问过风，问过雨，也问过自己，是谁主宰了命运，又是谁扼杀了那份天真。碰过高墙，碰过坚石，滴血的现实让你退缩后淡然麻木，看一片秋叶的结局。

我看到镜子中你的憔悴，也看清你的背影。很难让自己走出心的围城，去面向世界。

路

从一天到一年到一生，走完一生，路还很长。

走过山水，走过春秋，却走不到一个人心里。一路风雨一路的飘零，脚印落满了台阶。一杯香茶飘着回忆，月又徘徊了一夜。

给自己撑一把伞走进云里雾里，时间里的雨巷浸湿了背影，而你的那些诗句零零散散斑驳了青石板，让我迷失。回首已望远。

路太长，拉长了我们的距离，走着走着我成了你，一首歌里我们只拥有一个春天。

相　逢

　　一次不期的相遇成了一生的永恒，倾诉了山水，倾尽人间的缠绵，却被一湖烟雨隔绝，你有你的地，我有我的天。当我们把回首写进诗笺，往日却在水墨里。

　　我成了一个影子，在凄美的故事里。我忧伤着故事的忧伤，迷茫着自己的迷茫。这一湖水蓄满了多情的泪水，留下一个四月天，因为你挥一挥手，没有带走一片云彩。

　　时光匆匆，错过的成了回忆，写一首歌给昨天吧，歌里我们又相逢，如风、如雨、如梦。

望

　　也许是一柄花伞的摇晃，夏雨就这么缠缠绵绵无止无休地编织一个又一个故事。湖畔的等待，桥头的流连，都在这烟雨蒙蒙里多了几分迷离。

　　伤了的意境还在诗里，哪一幅画能融进这个夏季的色彩？不要再吹奏风笛，怕思绪太重的音符触动莲的心事，任等待如一朵睡莲，在一汪湖水里守着这个夏季，一天天，一天天雨浸透的日子，最终风干在晚秋。

　　望一帘雨幕，望一个窗口，望一湖睡莲，再望一个人的背影消失在夜里……

走　过

　　听着妈妈讲的童话故事，我看着月亮长大，给自己撑一把伞继续走在路上。

　　太阳时刻提醒着我黑与白变幻的角度，诗和远方的历程是不是很含糊，用一汪秋水映照着影子，我看到的是一片云。在风月里独行，我的心绝不会凝结成冰。从一首诗里走进走出，抹去了时空。

　　从你心里走过温暖了脚步，从你梦里走过，我也走进了梦，但，没有你的走过。

青　韵

　　一年一段青涩的记忆，是长发绕过的那一环，在心头流泻，那一句那一段那一结尾在绿叶上颤动，抖落了青春。

　　每一阕新辞带着热土的馨香，等你来读。斑竹泪滴在仕女图里，而你的泪随着音符，起伏跌落，不想要的转折辐射太多音律，大调、小调错落有致，而你在缝隙里，微弱得只有自己听到，在风吹过的时候，你轻轻地喊出了心声。

　　青涩的注脚和你肩并肩，一路走成一地月光，一处竹林。

种　下

父亲在田里种下太阳花，我们被风吹得禾苗似的从土里探出了头，看着蓝天和远方，知道从今以后自己头上就有个露珠了。

田里长出一朵朵小太阳花，昂着头任风雨来去依然盛开着，简单的幸福，那是我们最幸福的拥有。母亲给我们做的布鞋里也装了些土粒，说穿着这样的鞋子才会走得远，母亲把这种乡愁一针一针缝在我们脚下，夏天，我们从一塘荷花旁真的走远了。

翻松的田里父亲把自己种下了，而母亲在绣着她的太阳花绣得两眼昏花。抬头看不清相片上的我们，我扯下一片云写下我的名字寄回了家。

搁　浅

水浅了，小船再也不能去它想去的地方，把一船的心事放下，丛生了小草和小花的奢望。

对岸停留的人，还望着……看不到花，也知道了彼岸的春天，等来的雨让她痛痛快快地哭了一场，河水又涨了，那只船已腐朽在淤泥里。

遥望的人还在望，望缺了月儿，望走了云，河水带去了她的春天，当一盏渔火点亮在夜里时，她坐在船头，听着他唱的情歌。流星雨落满河床，溅起一岸的虫鸣，那是秋的声音，轻轻地叩击着那扇心门。

我们的时间被流水带走，一去不回头，秋风吹过彼岸，那些枯萎的草最终埋没了船的残骸，相思的火焰把一切都化成了灰烬。

你搁浅在春天里，而我在彼岸。

诸炳兴/绘

如
果
太
多

许　诺

走过一场花开，许诺一朵莲花。

春花一路缤纷着往日的点点滴滴。我如天空的一片云飘进你梦里，游弋夏日之火，一滴泪落在你梦醒时分。流水过往，在一汪湖水里看看你，看看我，看看这一片天。我是不是承诺了一程，没有再问明天在哪里。

心撕成一片一片，又组成一朵花，这是我的许诺，水中的一朵莲花。

洞　察

是什么镂空了树的一颗心，风的穿越，雨的敲打，让这个伤口逐渐加大。风从这空洞里看一个春天的花影。

当花枝探头墙外，看到外面的春天，以及走来的人。红粉的故事却成了红粉泪，故事的主角不断变脸，以至于在镜子前认不清自己，许诺的四月，在烟雨里不知道情归何处。

从老街走失了脚步，钟声在夜里敲碎一天星辰。

梦的岸，人一生都上不了。也没有看清过岸上那张纯真的面孔，梦醒在半夏，而人还在彼岸。

你说是竹枝洞察了心伤，还是一个个绿色音符从春到冬演变雪花的飞舞。而你何去何从。

回　首

槐花开了，那些远走他乡的游子有的成为树在一条条路旁，等待着谁的发现，有的成为尘埃依附在街面任脚步踩来踩去，而你却是指间弹落的音符流淌在月下，在每个不眠的夜晚。

想用文字记下背后的路程，不想你从这儿陌生地经过，更不想你发现那一行广告词里我的滑稽，我想演好自己的角色，给你多变的样子，可是劣根还是出卖了本真。说的话突然间很假，一直学着别人，越学越不像自己，以至于在镜子面前问自己。我一步步退回到淮河岸边，看到故乡金黄的油菜花，那花中的蝴蝶飞飞就像你等着我的回首。

一缕炊烟袅袅，那是亲人的呼唤。我回来了，踏着淮河的微波，把一路秋色的微凉一一丢在路上。轻轻捧起纷纷的槐花，那淡淡的清香如你的发丝掠过我的心上。

谎　言

谎言铺就的路，走着走着就到头了，在另一句谎言里，没有来得及拐弯，就被一朵霜花打落在深秋。

谎言架不起桥梁，也无法和真实连接。

树丫是鸟给你垒起的家，一条枝干能否给你一条路，一阵狂风把家撕成叶片，树还是树，而你如尘埃不知飘去哪儿。

云里也许有一条路，一直通向天涯的不归路。你在谎言里浪漫地舞动几片云，以为宇宙是自己的舞台，最终坠落成一滴悲哀的泪，打破了所有谎言。

向　远

许一段旅程给竹筏去漂流，穿过山高水远一颗心的历程，划过水里的蓝天，然后与一片白云一同上岸。

从一个假设里走过一座桥，在另一个假设中寻一个春天，停下，又诗一样地远去。把所有的假设都留在了一个渡口。

我收留过失、木讷，及空白寄给明天，等我一梦醒来再去读真实的我。

过　程

从一个身影到另一个身影，近和远没有任何区分，无法忽略的温度。踏着泥土的芬芳，在这片土地上，激情和奔赴在路上沸腾，不分你我。即使你看不清我，我也看不清你，我们也只有一颗心，一个信念。

从一个故事到另一个故事，真实得让人心疼。一张纸上签上名字，或者一个信息，转身登上飞机，踏上列车，生与死的较量，没有一分一秒的犹豫。从天上，从地上，我们来了，到你身边，别怕，我们和你同在。

从一道门到另一道门，跨过，打开心扉，让风进来，阳光进来，花香进来，还有幸福的微笑。一切都被昨夜带走，一场噩梦醒来，我们握着的手还没有松开。

一个过程在进行，压缩时间和距离，灵魂在净化中升华。当推开门时，春天扑面而来了。

蝴蝶飞

我是那只幻化的蝴蝶，从梁祝的传说里飞来。

因为这个春天的一场花开，我飞来，飞过月色飞过你的窗前。

我在你给的故事里起起落落，画出一条抛物线，不知能否落到你的心上。时光在流波里碎了一个又一个梦，又从一个梦里飞出，当我再次从碎片上化茧飞起，春色扑面而来，不知哪一朵花能让我停留去谛听春天的心声。

我在飞，飞进春天的故事，那儿是不是有花一样的你等着我飞来？

另一种行走

一枝梨花开过我的指间，我以春风的样子行走。

那一片茶园里飘来的茶歌，在绿色的茶香里飘飘荡荡，山里山外的云碰撞出一场春雨，碰碎的云朵落进采茶女的竹篓，她们温润的体温划过每一片绿叶，背篓里晶莹剔透的露珠无处安放，满山的茶丛蕴含着一个春天，脚步在山路的曲调里蜿蜒曲折，跨进门槛时回首还是一场花开。

行走在山水之间，别有一番韵律在脚下起伏，草长，水流，在春天的故事里你唱我和。

我只在一顶草帽下行走。

许　诺

你把我许给了春天，所以春天有了故事也有了隐喻。

也许就是一句话我就飘然在春天的曲子中，和你心曲和鸣绝唱烟雨，你说花是为了春天，就像浪花在大海的心上。我不知道自己是不是一朵花，但我相信面对的春天和大海，而我明白自己只是海边一粒受伤的沙粒，只能冷静地谛听海浪声声及春风的来过。

和你相遇在一棵花树下听花开花落，春天在花心里写满了留言，希望你能读懂，一切都来不及，在落红满地时蜜蜂和蝴蝶姗姗来迟。

春天离去，我在春天背后披一身雾色走进了云烟深处，这也许是最后的许诺。

梦

没有开始，我就站在麦苗的绿浪里。胳膊上挎着一个竹篮，里面放进我所有的积蓄，听说风要来了，我就把它埋进土里，还是被风吹走了数张，但那些飘着的钱，我看不清它的面值，也不知它会落在哪儿，不停地飞，飞进了一个夜的深处。

第二天我又去寻找我埋下的钱，只看到开满小花的坟堆。在土里再也没扒回那些钱，一个梦让我痛心地醒来。

这个梦让我惶恐，不知道如何才能忘记坟堆上的微笑，更不明白种钱的道理。钱种在地里是个坟堆，心种在地里会是什么？梦种在地里会不会是一棵野草？

我不敢回想梦的残酷，也不敢在那块地里徘徊，把梦和心都赤裸在灯下，让文字一层层包裹，放在枕边。

一梦醒来，只有窗外洒进来的一缕阳光。

沿着月光

不知梦还有多远，晚风陪着我一直往前走，一路的月光仅有一个身影。

一个人在远处等我，连同头顶的月亮，等得寂寞而迷茫，而我在月光里被苍白包围。想看清脚下的路和远方的你，你不存在，梦不存在。

我的脚步飘浮而疲软，月亮旁边的一片云似乎和我一样，在夜色里漫游，我向你走去而又突然转身，把心丢在一片云里。

沿着月光走去，又沿着月光回来，你在远处，我还在路上。

烟　雨

撑一帘烟雨，朦朦胧胧的水面只听到船娘在唱着歌，船桨拨动的水花落满船头。

船上的故事一次又一次送上岸，又一次次在水上摆渡，路在梦里迂回，从冬到那片春花，一个诗的影子时隐时现。

烟雨和我一起飘逝，那柄花伞丢在岸上，船娘又摆渡了一个美丽的邂逅。

雨　花

时间不停地演化，以至于你不再是你，我不再是我，面对的这幕点点雨花碎了所有真实。

村头摇曳的雨伞暴露了一个女孩秘密的等待，雨中的花伞倔强地走过多少个雨季。梅雨潮湿了她的白天和黑夜，从窗内到村外，从村外到远方，她知道很远很远，即使是梦也无可触及。她看到一只蚕吐丝包裹了一生，只等来生化蝶而飞。所以她用书，用诗，用故事，用心里最凄然的文字隐藏了一切，路还在脚下，还有远方。

雨花也许是苦涩的，也许很甜，在路上一朵朵绽放。

一棵老槐树下，飘落多少春天，在女孩的月夜熏香着梦境。

荷叶上溅落的三两点是雨还是泪？荷花轻轻摇头，不能诠释这个夏天的纠结。

走着渐觉凉意，一朵雨花落在脚边凝结了一段里程，那个女孩丢下一个结满冰花的背影在路上。

蝴蝶飞过

蝴蝶从梁祝的故事里飞来，又飞进唐诗宋词里，在蝶恋花中折断了翅膀。

意念旋飞，飞过浪漫的夏天，过多的情丝缠绕了时间和季节的交错，世界慢慢缩小成漆黑一团，也许外面有太阳，有月亮，有风雨，还有花草。你在想象里碰壁，萎缩，已丢失了翅膀。

你终于顿悟，走出自己才会重生，飞才有远方。

找回自己的翅膀，飞过花丛，飞向苍茫。

春天里

随着春天的风走乱了脚步，因为新绿萌生的心事在每朵花儿的不远处，欲言又止。

走过春天的一座桥也许可以走到你面前。我高估了桥的价值，你依然像一片云在天上，我在春天里驻足，徘徊。听竹枝在梦里抽芽拔节，而又摇曳。依着一棵竹的思想，它的骨气穿透我的灵魂，让我站成自己的风景。

路蜿蜒在春天的脉络，我以春天的情怀在路上，是诗，是画，是歌，是走出自己的节奏。我有了竹笛，有了自己的曲子。

春天里应该还有你和你种下的一个回首，而一场春雨后，我在回首里朦胧了花影。而我的笛声还在。

举　杯

雾里花开让我看不清春天的真实。水里的月在哭泣，因为它没有走出夜的梦。

我习惯守着一个窗口，不管是白天的人影晃动，还是夜晚的星星。和窗外保持一段距离，我总是梦一样在窗内。

从一首诗里酿出苦酒，和李白相约，对月举杯。此生，此时，此情。决绝！

醉在李商隐的无题中，伤了，蜡炬成灰泪始干。却无梦无醒。

如此写意

这个正月十五不知所措，不知道把圆圆的月该放在哪个位置？树梢、房檐，还是心里？

元宵还在碗里，因为不知道这个时候有多少人还在风中赶路，还在路上争夺着时间，在努力让生命成站立的姿势。给爱一个拥抱，给明天一个拥抱。生命还在时间里煎熬着，一个个爱的声音从餐桌上，从远方，从月下传来，你在爱在，生命就在。

圆圆的月亮升起来了，属于你我，属于2020的元宵节。我们捧着月亮而来，在风即将吹开花的那一刻。

2020写意了元宵节，写意多少颗心凝在一起的声音，呼唤，祝福，在月下，如此特殊，如此写意。

清　晨

清晨，我擦亮惺忪的睡眼，看见绿草如茵的路从村口到远方，早起的人沿着这条路走去，又回来。

我赶着两只羊突发奇想，希望羊能把我驮出村子，走得很远很远，它却把我掀翻在河沟里。我爬起来把羊追到田间地头，羊成了一片云，而我是爸妈田里的一棵小草。

我总是想摸摸天，和那片云，看它能否带我一起飞向天边。于是，我爬上树，没有够着天，却把几只雏鸟连窝端了。我在树下跑，鸟在我头上飞，丢下鸟，躲进妈妈的衣襟下，也躲过了夏天的一劫，妈妈把我带回了家。

洗　衣

汗水和日子在村外的水塘里漂洗，水里的影子从清楚到模糊，在你在的地方，季节也含糊不清。风吹起的长发飘过回首，你看到岁月被一双手洗褪色的青春，残余的情愫还在水岸边。

你的离去留下一片青竹的相思，不能保留竹枝青韵，那一首歌将如何如叶片落地，知道了白云生处水茫茫，可是那蒹葭苍苍的水畔会不会有你走过？

夏天的浪漫也被你洗褪了颜色，捞起水底的秋，你看到了自己像水面上的一片红叶，轻轻漂过水里的云影。

茭　瓜

我在饥饿里哭泣着，大姐不知所措，牵着我的手给我一个又一个谎言。

我随着姐姐的脚步磕磕绊绊，从锅里到锅洞中没有证实她说话的真实，锅灰涂了一脸，她还是说着红薯、馒头，馒头、红薯，说得汗水湿了头发。我们沿着她的谎言奔走着，寻找着。

大姐的眼神突然停在荷塘边的一丛茭瓜苗上，她松开紧攥我的手，鞋子都没脱下就冲了下去，掰下一个指头大的茭瓜堵住了我的嘴巴，也堵住了我的哭泣。她给我擦着脸，泥巴糊住了我的眼泪，也把她自己的脸糊得让我破涕为笑。

从此后，我总是会坐在荷塘边，不是看这一塘荷花，而是守着那丛茭瓜苗，希望它能长出一个，我采下来给大姐吃。我等啊，等啊，荷花落进一塘秋水，茭瓜由绿变黄，最后枯萎在秋风里，荷塘边那个扎着蜻蜓辫的小女孩还坐在那里。

药

我家门前的墙上贴着一张沾有黄鳝血的纸，跌伤了撕一片贴上就好了。不知道可不可以治愈其他的病，不知道还有什么寓意。也许贴在墙上是妈妈内心的一个愿望吧！

偶尔擦伤了一点皮，妈妈也会用浮尘给我敷在伤口上，这也是穷苦人家的一种药，在土里成长，在土地上行走。妈妈说其实我们都是一粒粒尘土，起风时我们飘在空中伤了痛了，然后落在地上分不清你我。我不懂妈妈的话，我说我是一朵槐花，春天来时开在枝头，春天走了落在你怀了，妈妈只是笑着往我伤口上敷着浮尘。

夏天爸爸身上生了好多疮，妈妈让大姐捉了好多癞蛤蟆，把皮贴在疮上，肉让爸爸吃下。虽然我很嘴馋，但是癞蛤蟆那丑陋的样子总是让我害怕得捂着眼睛，不敢看，然后逃跑，我真怕有一只会向我冲来，瞪着可怕的眼睛盯着我。

小妹就是在妈妈熬制的汤药里走的。妈妈从此扔掉了墙上的黄鳝血，扔掉了自己的所思所想，只是捧着一捧尘土让长大的哥哥从这个村子走远。远方可能才有希望，才有真正救命的药。

捡地衣

追着姐姐的脚步从晴天到雨后的泥泞，从家到芦苇滩，我这样跟在姐姐后面，像雨后的小鸟叽叽喳喳在芦苇丛中飞来飞去。

一群孩子的王国，每个人顶着一个水珠任湿润的风吹得东倒西歪，我们小心翼翼地从草地上捡拾着地衣。夏天的雨后，雨点在地上留下点点痕迹，我沿着大姐的脚印走，想走成大姐的样子，但总是滑倒滚成了泥孩子。大姐的小竹筐里捡了很多地衣，而我满头满脸都是泥，怀里还抱了几个像我一样的小泥人。我很有收获地把泥人放在阳光里，在大姐去做饭时又把那些洗好的地衣种到地里。我以为可以长出很多地衣，大姐教训了我说：怎么不把你自己种到地里呢？

是啊，如果把我种到地里是不是会长出很多我来？也许，只长出一片雨后地衣。

一路驼铃

沿着丝绸之路的荒漠古道，关口，戈壁滩系着风，系着驼铃。一路向西。

岁月迂回了漫漫长路，在戈壁滩的拐角，总有冬不拉挽留一个短暂的停留，和那轻歌曼舞。骆驼排成队，一程黄沙，一程胡杨林的苍茫，一程飞鹰的徘徊，一一被驼铃像阳光一样洒在路上。

土堡是滞留故事的起点，当驼背上的丝绸、陶器、茶叶及烟尘再次上路，再次以驼铃告别，就让大漠的月亮再送一程吧。

驼铃把欲望藏进敦煌，让多少人在敦煌飞天里痴狂，知来路，而忘归途。贴着壁画，贴着佛影，贴着千百年悠长的苍茫，让人面目全非，然后风干成沙粒。只有驼铃还没消失。

风啊，沙啊，在夕阳里是否沉寂？是否把明天又寄托在天边的云霞？

穿过古刹的佛音，穿过那一碗奶茶，虔诚的心虔诚着多少未知。绕过山，绕过水。

骆驼走过草原，在绿草如茵的路上，还有一封信，驼铃将送向山外山，那条奔腾的江流。有人在那里等待。

浮
尘

路

一块块石头铺成了一条条路，从家门口延伸向远方……

盘山的曲线，云在身旁，而又匆匆踏上河里的帆船。陌生的地方给了我熟悉的方向，小小空间，一粒微尘渺小得与我同在，而又浪漫得藏在城市的缝隙里。一个个日子丢在路上，春风来时启程，夏花开了在路上，秋叶黄时梦未醒，雪花飘落肩头却不敢回首。多少个日日夜夜，身边只有风无声地相随。经历太多风雨的脚步，走来了，离去了，路还在。

我走在你的路上，你踏着我的脚印，我孤独地走着，梦依然很远，疲惫的意念里那棵花树盛开了一个春天，在路的尽头。

石　阶

一级一级石阶累积人生的高度，这样一条路，一端是春，一端是秋。

迎着春风，春花洒满了世界。你采一朵玫瑰送给一个人时，也把自己送了出去。太阳的焦灼炙烤着你的真心，又上一级石阶。到了夏天，脚步不停，石头缝里有你游弋的苔痕，也有走失的影子，去最美的季节。一颗心在里程里斑斑痕痕，以至于千疮百孔。而心灯依然亮着，所以看到隐藏的虚伪。走到最后的一级，树叶落满了书页，每一页都夹着痛心的故事。梦随之也落在冰冷的石板上，碎成粉末，风一扫而尽。

一级一个脚印，雨水再也没有把它洗去。又一个人走来，也许会一路梨花吧。

檐

时间织成雨帘，坠落一地雨水。

绿色垂下花絮的低语，门楣仿佛几多远。听晚钟敲打着夜色，一声一声回荡了几千年。敲碎的背影织就云里雾里，继续下一个里程。

一朵春花或者一片枫叶，一次走进或者走出。古筝在指间再次如行云流水，诉说相逢后的离别。燕飞来，衔着一个信念飞进房檐。

一炷檀香没有许诺，在一壶茶里心如止水，檐下无风无雨。

门　槛

在岁月的一个拐弯处，有一道门槛。无法跨越的一步永远停留在门内，关闭了青春及青春的故事，只有一盏灯火摇曳着窗内无梦的夜晚。

晨风最终还是推开了久闭的那扇门。走进去的是一个少妇，走出来的是一个白发苍苍的老婆婆。她安静得如同墙上的一幅年画，就连她身边的桌椅都泛着一种苍凉。她坐在门槛上，望着陌生的人走来又离去，没有一个人发现她眼底的潮湿，更没有一句招呼来安慰她的冷清。她手里的一封信没有写上地址，不知道如何才能寄给远方。

那一个匆匆又停止的脚步，彻底绊倒在门槛上，摔碎了一颗心。从此以后，一个人和木偶一样循规蹈矩。

一束光照射一道门，只见门头雕刻的典故，而不见典故里走出一个人影。门环锈蚀了回忆，记忆也一一在风中剥落。飘落了岁月的风尘。

路　口

总有一个个结打在路上，解开就是路口，而徘徊路口的我，丢下一个句子给背影。

从一杯茶里望乡，醇厚的苦涩泡浓了回忆。是弯弯村路的情怀，牵着我的一只羊羔一直走到村外，赶走了春天的蝴蝶。荷塘里的荷花已枯萎，我从忧伤的故事里走远。就像村子上袅袅炊烟一去不回头，在一个路口。

丢下的花瓣，还在那个路口的那个春天。岁月忽略了回首，在路的转角，一个承诺像雨一样把我淋湿在那里。

沙

一阵风的背后，往事成沙，昨天成沙，脚步也成沙。时光穿透一粒沙到另一粒沙，没有看到一朵花，却能听到一声驼铃。

风干的背影在冬天的枯草里，还能和月亮相对，诉说着绿草如茵的故事。月牙泉望着天，望着自己。问一问胡杨是缺还是圆，胡杨只沉默在自己的绝处逢生，圆缺都是一样的，它的根在沙里。

沙弥手摇经桶迎着晚霞而去，一路的足迹。从哪里来，又去向哪里？他手里摇的是天涯。

当遥望成沙，而那个望着的人在哪？茫茫沙漠，一片光影里，是不是楼兰少女在翩翩起舞，舞动一个美丽的神话。何时，已风化成沙。

微　尘

一缕云雾，飘过山川、田园和村庄。时间穿梭了真实的残酷，也穿梭了梦的遐想，让昨天、今天、明天的因果一一烙在土地上。经不起风雨的洗礼。

一花一草微弱的意念，也是一春一秋的全部内涵，退一步在一碗茶水里沉浸一生的风月。念想追赶着脚步匆匆，而灵魂却总是慢了一个节拍。褪去的夜色带走了星光闪烁，在你和我的距离里说着天方夜谭。月亮似乎还在许诺里，把春花秋月涂抹得像夜色一样，让浪漫依然浪漫，孤独依然孤独。你说把背影留下来好吗，我看到月光暗淡了你的表白。

面对夜空太久，把月亮望成了你的脸，而你望不到我，因为我在一片树叶下，弱不经风。凤尾竹在晚风里摇着碎影，如你，如我，如不可触摸的夜。

生命散落了青春之花，还毅然决然抛在身后，任凭青春之歌还在回荡。激情和痴狂是不是还爱如潮水，是不是若花絮飘过你的流年。

举一片秋，和黄叶相对无言，微风轻轻从你身边走远，在芦花盛开的时候，丢下的一幕是烟雨，还是微尘？

香　尘

一场花开，不是因为你来，也不是因为他去，淡淡的馨香飘过一次美丽的际遇，及尘埃的另一面。

一场花开尽在一个路口，多少个擦肩而过，独处的字句空空的没有一丝感情，只是把花说落，把人说远。只是在忽略之后才知道一切都是明天。

心的里程从巷陌到一池青莲，月色溢满背影，就这样走过一支长歌，绝唱烟雨的时刻。你来过。

摊开夜，我该写下了什么？星星和我一样沉默，点亮的灯盏又将照亮怎样的寂寞？

一朵花划过额头，已不是春天，琴瑟飘出的窗口，梦在哪，只有香尘拂过。

雨　烟

一个背影的踌躇，在那柄油纸伞撑起的雨天，雨点在青石板上溅落的诗句湿了去处。

有哪种光阴可以再现回忆？什么样的小船可以摆渡现在？码头的搁浅是风是月是止步后的守望。脚步在意象里徘徊，因为一个窗口的缺失，我只能在茫茫烟雨里触碰水滴，即使它是泪，我也会把它藏进江南的歌谣，一路相随。

多少次回首总是看不清你，也没听到笛声一样的呼唤。我知道你在那里，就像你知道我在水畔，我想象了你的忧郁，你幻化着我的倒影。总是需要一句话温暖走过的路，让冬天的雪花飘落在一个渡口。

一杯茶里的禅意，一本书里的人生，放下一个梦的纠结，从桥头又走进烟雨里。

月　影

　　和你同行，一个女孩捧着书本和你在晚风中，相离、相望、相知。又在书里诠释你的影子。

　　树影漏下你梦的碎片，在一个人的背后，你又以怎样的步伐走过梦的长廊，在一棵老树上停顿了，压弯老树的脊背，从此它一直低着头没再抬头看你一眼。

　　你在土楼的缺口看不清自己的样子，如时钟，把每一分每一秒都拨得沉重。声声都敲打着月缺月圆。

　　又徘徊在古老的码头，守着……等月下的那个女孩再打开书和你对白。

月　音

　　有一种声音花知道，草知道，竹枝摇落的碎影知道。

　　是月亮轻轻碰落一朵花的声音，一抹嫣红有些苍白，从枝头落进一个人心里，重叠着心扉最疼痛的那一页。

　　月圆的秋声里有浓郁的桂花，那是不是剪落的思念又一次落进梦里，虚拟着重逢？梦在长廊里幽深，一千种声音的假设都变为沉默，那只渔舟又怎能唱晚？所有的人都成了月影，成了月不可言说的心痛。阿炳的《二泉映月》里诉说着的故事，不能渗透如今月下的那个人。

　　夜晚的路上，风从人影里吹出月的声音，碰落枝头最后一朵花，梦听到了，你听到了吗？

风　影

　　当你成了水里的影子，人在半真半假里泅渡。

　　带着时间的光影在路上，隐现你我错失的脚步，没有把昨天踏入尘埃，只是在时间的缝隙里窒息心灵的灯盏。我还在竹枝的意象里吟咏着。路的转弯处又是一个漆黑的夜。

　　登上梦的梯子，一步一步走进云里。也许是风影的拟定。

　　在一个远方的许诺。

远处的灯火

　　日子的碎片洒成一河星光。

　　穿过一道门槛，梦和现实相距太远，在你编织的故事里我不知道自己在哪，更不明白最后的结局，所以时间的缝隙里我看到了一道银河的伤痕，织女和牛郎隔河相望成了传说。银河两岸相望的两颗星星如今又是谁？夜曲里，远处的灯火影影绰绰是在门内还是在窗外，为何却成了秋歌？那个从灯火阑珊处走来的身影，我还没来得及看清就被夜吞噬了，只有晚风一样的足音飘过梦的边缘。

远处的灯火很远，陷进夜幕的底色里。是秋虫散乱的音符，还是一个灵魂的决然？闪烁着，又消失了。

风中的音符

风吹过的往事，摇落鸟语花香，还有一个身影。

起起伏伏，寥寥落落的音符在一次花开，一池蝌蚪游来游去，让春天的故事涟漪浮动，就像走来的脚步。因为一声呼唤你停留在一个幻觉，把春听成了秋声，听成了落花曲。当望飞了芦花，望远了一片云，而你背对着自己倒在地上的影子流干最后一滴眼泪。转身，路茫茫，不知道明天将会在哪里。

月总是在诗里残缺，落在夜路上的音符低沉到涂黑的日子。在雨中给自己撑起一把伞，撑起一片免去风侵雨打的空间，脚步在背后，许诺荷花的冷静，芦花的苍茫，雪花的飘逸。那些音符在冬的飞雪里挣扎、呐喊，又冷静如雪轻轻扑向大地。

一串音符还在风中，随风。在哪戛然而止？

背影和石头

把你望成遥远，我却成了你背后的石头。

流年写就了多少空白，也省略诗意的断章，冬天的路总是那么漫长，脚印里结满冰凌。最后在自己固守的地方固守着回忆。雪花飘进了文字，以至于一个故事凄美地结束。

因为一个转折错了一生。最后石头和背影没有一丝关联。

石头记得那个背影，背影不知道那块石头的昨天。错过的回忆只是一片云。

老街巷

这条老街巷很长，一端是现在，一端是昨天。一个个身影摇曳了风景，回首时，只有一弯月亮。

几片落红落进了故事，在老街巷的深处。那些青石板裸露的脊梁，扛起多少脚步的轻重缓急，也扛起多少爱恨情仇。就在路的尽头，有没有你穿红装的模样？那朵大红花在吹吹打打里被鞭炮炸得四分五裂。多少年你把青春锚在了青石板上，石头打磨的流年让你一去不回头，提着岁月的竹篮你走了。

晨雾裹起的背影被时间一一收藏。几个孩童嘻嘻哈哈打着陀螺而来。

灯

我是夜的一盏灯，晚风轻轻一吹就成了星星。

不知道夜路有多长，我和晚风心照不宣地走着，我走成月亮的影子。夜让我还是有梦的方向，想说的话却是那么苍白无力，最终还是没有说出，等早晨再说吧。

走进夜的梦里，没有遇到你，是自己的灯独自把梦照亮。

茶人生

走着走着我蜷缩进一片叶子，日月的精华流淌着生命的馨香，我在山坡守望着山外的大路迢迢。

你说爱我，就断绝了我与树枝的联系，又风干了我的回忆，与世隔绝多少个日日夜夜。你的倾诉越说越多，越说越远，我远离了虚拟，带着伤痕累累从此天涯。

一汪水的清澈中，浸润了滚烫的柔情，慢慢地，我又在另一世界复活。从口到心他品我一生，我给他一世。

一杯香茶

泡一杯香茶安静自己的日子，忘记那片落花，和你的故事。

几片茶叶在日月雨露里慢慢浓缩，又在柔情里慢慢放开，映出你的微笑，又望着你远去在一杯茶的季节。不想像风一样追随，我只能品味这茶里的春秋，一缕熏香划过眉梢，看不清一盏烛光的迷离。古琴声声迂回了我的夜，让我对自己的影子无话可说。任雨敲窗，却敲不开关闭的心扉。

一杯茶淡了、凉了，在我面前。一个人远了，在梦里。

韵

书香飘过春夏秋冬的风情，变幻着一时一刻、一人一物。

当柳枝拂在湖面的温柔处，一声号子惊扰了沉醉，晨起的小船静静地载着昨夜，把一个梦送到远方。风蘸着春天的色彩，涂涂画画，红和绿用色太浓，以至于相逢如歌而离别是一首忧伤的诗。所有的调子一夜之间如春笋懵懂而来，在你走过的韵脚，一首曲子在春天的琴键上流淌。

一棵老树抽出新枝的意蕴，也抽出我的影子，和春天同题同韵。

墨　迹

以风的灵感，痴情了雨，淡墨总是意犹未尽，迷蒙了烟雨。

一个顿笔，把粉墙黛瓦倒影在水里，湿漉漉的旧瓦老墙是不是思想太重，以至于把几辈人的故事都积压在那里。红灯笼依然守望着远方，而忘了眼前的夜色阑珊，窗内悠悠的琴声在倾诉一个离别。那胭脂水粉叫卖的吆喝声，断裂了时空，被屋檐的水滴摔碎在地上，成了江南的水声。

青石板的巷子，在一首诗里从未离开，而那个撑着油纸伞的背影，却消失在巷子深处，来江南的人总想有个际遇，有个嫣然回首。寻寻觅觅，雨巷还下着雨，而你的诗在哪？你的雨巷在哪？

水墨收笔时，把一个人影留成了桥头的风景。

翻开书，丢下一个诗笺在长廊。合上书，把一片碎影夹进书里，封存了美丽的故事。

画　笔

拿一支笔，蘸一蘸大海的水，调一调生命的颜料。你听到海潮的起落吗？你听到浪花的声音吗？

落笔若岸，轻轻一点，点远一叶白帆。理想簇拥着情愫，写意总是淡然，清晰辽阔，而又牵动一颗心在太阳下，守着花开，守着这片蓝天。海知道，岸也知道。

如果可能，我不会一意孤行画一只蝴蝶飞过沧海，还是会画一只海燕在海浪里旋飞呐喊。这不是一种追逐，而是唯我的独白。近和远。爱里调浓墨色，我在运笔。

画笔在大地挥墨，带着风雨声，在蓝天上重重落笔。看到吗，那是我洒脱的诠释。忽略了鼓楼的钟声。

画　像

躲在一个角落里，寻找真实。

关上门，关上窗。

面对一面大大的镜子和洁白的画布，多情的笔该如何着色，才能留住一份本真？

脱掉所有的装饰，洞察目光的所在。那乳房坚挺的诱惑，腰部的弧线，腹部和双腿的光泽，静静地落在纸上，在色彩的挣扎里或深或浅，或浓或淡，或突或凹，那一抹眼神有点忧伤，让更多的人和它一样受伤，以至于梦里梦外都无法排遣在风中。

那张脸侧到一边时放下了笔，放下了真实的自己。又将面对外面的世界，就连微笑都很虚伪，更不要说旅途的相逢和月下的缠绵。

多少人喟叹画的技艺，更喟叹画中人的完美。知道作者，却不知道画里那侧过脸的人是谁。

水 墨

我用黑白涂抹了冬天的意象。说不清的因果隐藏了背影，老街巷的故事也就这么淡了没了。

一只小船早起不是为了和另一只小船错过，但还是在波光里错成了远方，一片桃花里多少懵懂，柳丝编织的梦在飘摇。转瞬，落红填满了记忆，而码头只有风还在。

水漫过昨天，洗去了应有的色彩，青石板路上的脚步声渐走渐远，消失在那些老旧的门窗内。

我选择了独木桥，牵着日子走成了水墨。

画 里

十里桃花，一树银花，一帘秋雨都真实地在画里了。

一幅画挽留了真实的情愫，一个春天的灿烂也许就在不经意间让月亮照得失去色彩。小船把落红无数泅渡在一个梦里，不管一个故事的结尾如何，就这样轻描淡写而为，所以错得苍白无力。梦无岸，月影可依吗？

在冬天的桥洞下，还是山山水水，千树万树的银花寄托多少心寒，梦还在继续。

梦醒在一处落款，回首的季节在画里，已不属于我。而我自己却是一个题记。

痕 迹

风吹散了一幕烟雨，湿湿的痕迹里有你走过的朝夕，只是瞬间，成了远方的寄语。

在春天来过的地方，有一地落花。多少因为迷失月下，又让结局不知所以。哪一朵雪花是冬天寄出的心语，另一个季节的你为何读出一滴泪？指缝间滑落了流年的背影，在湖畔，来来去去踏碎了日子，一晃就没了。

时光透视你我和一片树叶，于是，我们总是说着云里雾里，及错失的春天，还是告诉自己，在有梦的地方让自己像竹子一样，站在风里。

望却没有你，水波潋滟仿佛了彼岸。

水　滴

太多的花在水里留下影子，太多的面孔憔悴在镜子里，眼里的一切越来越不真实。我回首一笑，脸上还有你的一滴泪。

你曾把我放在你梦里不愿醒来，时间还是风干了我的存在，把依附的清纯藏进文字的忧伤，如果有泪水溢出，那是诗句的浅薄。一本厚厚的诗集层层叠叠着一颗心，一个背影惆怅了尾页。

你和我之间是一滴水，一滴泪，那里有我和你说的天方夜谭。

印　章

命运烙下第一步，我就这样踏上了征程，不可预知地走来。

走过书的扉页，第一章就遇到了你，一个一直在我前方的影子，于是又烙下了印痕。无言的夜开着昙花，馨香了叶片上那滴露珠，梦在昙花一现里消失。第二章和你相距太远，一行行字坎坷在路上。最后一章给了我一行大雁飞过芦苇荡，我看到冬天的方向埋下这一程的伏笔。

封底，只因这一枚印章的铭记，不再打开那本书，我知道你在书里已远去。

照　片

我看到你，你却看不到我，近在咫尺，却远在天涯。

你的微笑不仅仅属于我，一个烟雨时节我已找不到你。那松开的长发飘过了夜色，我却无法揽住你柔弱的肩，告诉你我在远方的煎熬。读着你的表情，也读出了你的心声，一首歌里，只有我才能唱出它的真情。没有月亮的夜晚，你是我的月亮，没点灯的黑暗里，你是我的一盏灯，随着你找到了我的梦。

你望着我，我望着你，你笑而沉默，我一次又一次呼唤你，而你的回答是发黄的痕迹。

桃花源

误入陶渊明的桃花源，所有的语言都很无力。没有一丝尘埃浸染这儿的花和水，只有清风白云悄然来过。

扯一缕白云献给桃花一条哈达，风吹落几片桃花落到水面，被陶翁的鱼竿钓起放进文墨的竹笼里。

一个身影飘过这山，这水，这桃花。谁抚动琴弦，一切都在《高山流水》中摇曳生姿。

桃花源开尽一世桃花，在陶渊明的笔下活色生香，因为桃花庵里桃花仙。

春　笋

雨后，把雨中的故事一层层地裹起来，丢在荒草丛生的地方，月色再也打不开。

想以这样的方式造就新的自己，青涩的心，坚韧重生。山里的一石一木也和我同在，一滴滴晨露传递着我们的默契，不管春夏来去，当掠去了我日子里的焦灼，那一张张无情的嘴如何能说出我真实的味道。

我的存在和离去不会有人在意，只有那片热土会感觉空了，山坡吹竹笛的人是不是在追忆我逝去的青春，刚出土的新笋是我一个梦的遗失。

小草的春天

不敢奢求太多，一方贫瘠的土，一滴水，一缕阳光，我会以顽强的生命存在。即使无数脚步践踏，我还是我，不变的绿色姿势随处而在。

大树傲然挺立，笑着笑着就倒下成为朽木，小草没有笑过，沉默在每一个白天与黑夜，安安静静地望着头顶上的蓝天和白云，仅仅在无边的绿色中轻描淡写着命运。

默默开出那些微乎其微的小花在不被人采摘的角落，享受着春花秋月。最怕秋天的枯黄，一把火烧尽这一世的存在。

小草在春天随处可见，有人唱着爱的歌从我身边经过，有意无意踏上一脚，我会轻轻抖落身上的浮尘，慢慢又站起来，向着走过的人挥一挥手。

石榴花

我最美的心语开在枝头，风听到了，雨也听到了，于是我羞红如朝阳，悄然被一片深绿捧起在这个五月。我是我，我是一朵火红的石榴花，我靠近的风景是你的一片晴空，多少夏花的盛开，仿佛一朵石榴花的梦。

一次受伤撕碎了梦幻，是谁丢下五月的诗句，让回忆总是在雨里潮湿着。渐渐走远的脚步，走着五月之外的路，五月的湖畔只有你离去后苍白的月光。陌生的对白，在季节和季节之间，每一个夜都很憔悴，彷徨。那一声声的呼唤落进水波，再也漾不起一丝涟漪。

夏季的火里焦灼着，无声，漠然，隐忍，盘起我所有的思绪，不让流泻的发丝在老地方飘动，秋蝉一次次提醒时，所有包裹酸的甜的，一粒粒剥落在地，等着中秋的那一丝丝的凉意。那一轮月圆。

绣球花

一个一个纯洁的故事压弯了思绪，那一枝、那一团洁白把春天的初始尽情释放。只为一个晚春的来过。

守在门前，远处的世界在无限放大，以至于路不再是路。但山还是山，水还是水。而你却是夜空的一弯月，把花摇曳成了影子。

没有修饰，躲过窗内的灯光，从长廊走进了梦中，也不再为了相遇，只是沿着风筝飞去的方向追逐自由。

一夜春风吹醒了回首，这一地落花告诉我故事的结局，一个美丽的回忆。

竹

春笋懵懵懂懂探出头张望，你不懂那些花儿为何如此激动，把女儿情就这样抹在枝头，热烈或者淡雅，为了蜂还是为了蝶。

竹笋总是不经意间在写意，是因为古道的一段里程，路上隐藏很多故事。有节无枝地行走在没有日月的路上。只是沉默，再沉默。时间都一一记在节上，当来到世上，却看到一滴斑竹泪。

冬笋把自己埋藏在土里，一旦被发现，你的未来就不再是一棵翠竹。所以只有隐藏身影，走过漫长的日子，最终，你还是站出来摇曳着风雨。

你长大了，少女一般站成自己的姿势。一阵风吹过，你微笑着迎来日出。

竹林深处

石板路在竹笛的曲子里拐了几道弯，还是没有追上那个背影。青苔填满了石缝的裂痕，日子还是从缝隙里溜走了。

遗憾也只是斑竹上的一滴泪，就这么打湿故事的结局。而未来是一个人唱着天上有个月亮水里有个月亮。新笋又将写就的是春还是秋？

一条路一道伤伸向竹林深处。

当时间挖了一个坑埋下一条路的尽头，脚步停留在这里。竹叶一片片飘落，一种声音在竹林深处呜咽着，风一样迷失了方向。

荷　韵

唐诗宋词给了太多的装饰，让一些音律在平仄里难以转出自身，遗忘了盛夏的赤诚，只是自说自话，在这一片湖水池。

撑一柄绿伞在水光里，和自己相遇，风揉碎了倒影就像揉碎了一个等待，打乱惊艳的章节。所以不再奢望期许，一朵一朵绽放的红的、白的荷花落进水中，溅起了水花。

荷花没有玫瑰的浪漫和柔情，只在最火热的情愫里淡淡地冷落。一个夏天的距离中和你相望、相离，迎风摇落了过去和现在。灿烂的日子化为水影。

秋憔悴了荷塘，荷叶苍茫地拥抱最后一朵花，希望在决然里有最后一丝温存。扯一片云彩披在身上，转身错过了你。

听尘埃划过的声音，还有落叶。荷花将在夜里幻化为一朵花灯，在水光中不知漂向哪里，是将一首现代诗歌淡然，还是情有独钟？

一片叶

风过，雨过，在一片树叶上叠加了一道道痕迹，深的浅的岁月风波错乱了方向，从此不知道你在哪里。

树叶启动了春天的序曲，展示夏的痴狂，暂停秋的萧索，那一滴泪深藏不露。曾经没有寄出的信件都丢进尘埃，在你的脚下痛惜。还想跳最后一支舞给你，然后与你永世绝别，人事两茫茫。谁还会为你写一封绿色情书？谁还会在远处望着你的背影？每个黑夜，每一场雨里，谁还在回忆从前？

树叶一直在沉默，任风从身边走过，给自己留下一道道伤痕，任梦在时间里成碎片，还是沉默。

一片叶飘落，只有风为它送行，它还依依难舍地望着那片天空。

竹

我以竹子的姿态站在路旁等你。

春天的新芽如此写意，浓浓的思念随雨滴落下，穿透我的心语。过了浪漫的夏季，秋红里的绿笛，曲子流泻了流年，风里雨里喘息，只为一个遥远的期许一年又一年。

绿叶上写满我的白天和黑夜，这是我生命里的诗笺，你不曾懂得它会冻结在寒冬，一阵风吹落眷恋。

我摇曳在风中，给自己撑起一片天，在你经过的路旁，竹枝依然翠绿，又是一个春天。

叶

站在秋天的背后，我成了秋的背影。

那些落叶一片片又寄给了冬天。冬读出了雪花，也读出了一颗冰冷的心。你说我不该在寒风中，独自来去。大雁已经南飞，该带走的已经带走，而我站成一棵树守在路口。

多少纷纷扰扰飘如粉尘。树叶一片片落下层层叠叠如书页，风一页一页翻去，却未能读懂一个结局。

叶在秋天的唇边吹出一曲《翩然离去》，轻轻飘过竹林。心的高度低入尘埃。

捡　拾

妈妈把太阳放在我手里，让我握紧它走路才不会摔跟头。

我把太阳放在海上，去捡拾海螺，一个浪潮带走了太阳，大海在喘息说，太阳没走远，你看月亮就是它的背景。我从海螺里听懂了大海的声音。

起潮时太阳又扑面而来，我的影子却留在了沙滩上。

流年似水，我弯下腰拾秋，搁浅的船头我只拾起一片落叶，伸手又把太阳捧在手里。

在一朵花里

不知是迎春花、荷花、秋菊，还是冬梅花，时隐时现一个笑脸，滞留了回忆。

捧不起放不下的情愫，依稀在每个季节的每一天。不要错过那一瓣心香，也不要错过那一声呢喃。

梦呓真实地出现，而你又在哪里？总是在没落的间隙叹息人生。

一朵花的梦，一朵花的期待，一朵花的你。花一样的存在。

花

走出廊檐，新的一年的春花压低了枝头。

窗前、桥头、角落都藏不住花枝，这是风带来的色彩，有燕子衔来的柳笛。一个个新芽探出头偷看这一场花开。

春天的故事如约而来。你带着玫瑰和我相遇，还许诺我一个远方，于是沿着花路我们追梦，不问花开几时落，不管月圆在水里，因为路上有你也有我。

我成了枝头的春花。春风轻轻一喊就开了。秋天结一枚果实在你的心头。

芦　花

湖滩长满芦苇，我总是喜欢赤着脚在湖滩上走，躲开春天的小芽芽。

躲着躲着芦苇叶长成端午节的粽子皮，也是我编织小鸟和小筐的东西，编的小鸟一只只都飞走了，而那些小筐却陪着我，走过夏天的火热。我的影子和小筐丢在水里，一场暴雨冲去了我的幻想，只把我的脚印留在湖滩。

风吹开了芦花，芦花飞翔着，飞向冬天。

一瓣馨香

夏许我一世莲花，我将在一汪过往里心静如水，望云来云往。

总是给自己撑一把伞在雨里，雨幔织就的去处，那些雨的故事依旧在路上，错过一个又一个，无意识的走来。沿着念想在相思湖畔久立成雨，让湖水再次泛滥成灾。转瞬或许一个艳阳天，伞和花的意义一样。

一瓣一瓣花飘落了回忆，嫣红的寄语漂泊在秋天里。一句留言让馨香沉入水底。空白里将寓意什么？

花　影

是海棠的嫣然一笑，还是梅花一枝红，在窗外绰绰生姿？一帘幽梦也随之虚化，是花非花，因为这个春天，也只为点缀这个窗子。

木格镶嵌过的人影，被一阵风一夜之间吹如落花。青瓦的缝隙里也隐藏着花瓣和风。隐藏不了的月光里，还隐现着一个女孩望月。多少天，人如月，月如人。

她是一朵花，一朵月亮花，祈求着夜。

那一双手伸出，捧起一朵小花，放在她的春天，而那一朵玫瑰花彻底错过了花期，遗落在路上，不再回首。

她给自己撑起一把伞站在悬崖，临风，面对沧海，面对远方，如花影，摇落一个转身。

那束花

采一束春花送你，长长地穿过一个夏季，到你面前已枯萎了。

你没有看到我春天里的容颜，也没听到我清脆的歌声飘荡在田野，也许我是一只蝴蝶，也许我是田里的一朵小花，我只是我，只是一个在禾苗地里的妞妞。妈妈把我从村外唤回，又把我唤进梦里，在一朵灯花里守着清贫的夜，望着窗外。我复制了妈妈的故事，又复制了一片白云。

在缤纷的路上，落红的伤落满我的足迹，我默默地走过，让诗里的徘徊凝结成雨滴，多年以后还是会打湿回忆。

那束花萎了、落了，我退缩到月亮下，成了月的影子。

那枝梅

风很冷，雪花滑过你的脸颊，你依然笑靥如花，把一抹花香拂过肩头。

避开繁华的争艳，只想独自存在，望云游弋，看归雁飞进流动的那一行诗句，不见鱼游。一个身影还迈着轻快的步伐走在冬天，走到一棵蜡梅树下，望开了几朵梅花。

有人说梅花有泪，也许那只是欲言又止，在这个冬天说了一个故事。然后成了梅一世的呓语。

那一枝梅悄然推开一扇门扉，把一个梦的序曲给了春天。

飘逝的花香

空空的枝头飘着一片云，那是你的梦还是你在纸上的涂鸦？秋在笔下浓缩成一杯酒，醉了路上的影子却又倒进秋月里。不要再念花的名字，它已冷成了雪花。

大雁排成一行飞向天空，偶尔会有几只停在树上，伤了你花一样的回忆，那只酒杯里还摇晃一个月影。

花哪儿去了，花的故事哪儿去了，花香在冬天的夹缝里飘逝。

梅　韵

在时间的节奏里绽开一枝红梅，因为你听到了春天的脚步，所以微笑着等在窗外。

你说写一首梅香的诗给明天的我们，于是，我在梅香里感受梅开梅落的韵律，琵琶语里声声寄托，说着暗香，一夜的春风，梅花失落了一地诗意，唯有一句痛了转身，让每一次回首都飘着落红。

梅花泪滴湿了韵脚，是春天最初的回忆，所以用梦的距离丈量一个冬天。

古　树

从哪一年的哪一天树就把根扎在这里，在这片热土里情到深处。一片片浮云飘过阴晴和季节里的温度。伸出一个新枝，一朵春花。

在这里追着太阳，树被风雨撕裂道道伤痕，而树依然安静在那里。十年百年千年，抖落青春的稚嫩，和岁月的沧桑。刀痕、斧痕和数不清道不明的树瘤，于是树成了古树，成了一个地方的标志。风雨飘摇，古树年年绿意苍苍，花开满树。

古树把影子拉得很长很长，千百年到现在，头顶着蓝天，根深深扎在土里。树摇落一地春花，一地秋色。而古树的心依然和太阳、月亮一样明朗高洁，一样年轻。

大 树

想说一句话，但是我闭口无言。似乎还是一种风景，永远在风中。

我匍匐在地，听到那些脚步声走来走去，轻若尘，重若雷声阵阵。岁月给我披上了青苔的外衣，面向太阳，面向月亮只是一种守望。我看不清自己，还是知道自己是一棵树，一颗心却被生活镂空，而我还站在那里，等着春天的到来。

风中，我像时针一样旋转在这片天地，摇落了春花，摇落了最后一片树叶，和千百年来的沧桑，而树下的人影是不是树摇落的寓言，或者月夜？

窗口的一片枯叶

风吹走了窗外的浮云，那片天只有枯枝和一片枯叶的空间。遮掩了遥望，一切幻想都在枯叶上沉默。

剥落的日子走失在月影里，一场雨的相遇是注定的缘，也是一生无奈的开始。思念像月光占据整个夜晚，听晚风，听树叶沙沙，听自己的心跳，听一滴泪轻轻地落在窗台，碰落窗外的星光。手中的笔再也无力写出你的名字，而夜的黑涂鸦了最美的诗句。

那片枯叶落了，没有任何留恋，在一个黄昏，然后窗外一片漆黑。

枯叶蝶

我来自春天还是秋天，为什么我只像一片枯叶在风中飞舞？飞过花的世界，停留在一个窗前，有人推开窗子时我又悄然离开。

春风已暖不了一颗心的冰冷，虽然身边的花草、树木有了新的开始，而我却被遗忘在一个背影里。我靠近风，风会冷，靠近雨，雨很凉，靠近树干的纹路，我是一道伤痕。贴在一片绿叶上，绿叶失去了颜色，靠近一朵花，而花瞬间凋零。为什么？我问过天问过地问过自己，我还是蝴蝶吗？我还有生命吗？一对对美丽的蝴蝶从我身边翩然而过，而我胆怯自己的存在，甚至不敢承认自己还会呼吸，还会穿越一束阳光，于是，我想躲藏在月的苍白里成为夜的一抹黑影，可是最终还是飞向了一个飞蛾扑火的故事。

一片片秋叶轻轻飘落，没人会知道那是我曾经的样子，一只枯叶蝶在飞舞。

红叶的故事

雨滴打湿了红叶的回忆，春天、夏天的寓意转瞬已改变了初始。它只是对风摇头，摇落了影子。

那是一束光穿透内心的记忆，静卧光影里祈祷树下的承诺在明天兑现，此时让日子在太阳下被烤干最后一滴水。

一道秋的门槛，红叶从没有想迈过的意念，只是停在远处，想把这道坎望成生命里的风景。即使门内门外一样，背对着门也可以望春花、望夏荷，也可以望一片云。红叶小心翼翼还在枝头，想把一首红的诗贴在秋天的门外。

太沉的寄语压落红叶，一片一片飘落在路上，那些被踩痛了的诗句，零零散散，一字一句凌乱了秋的心语。注脚里的唯一，在路上，在远方。

几只羊闯进红叶的故事，却不知怎样的依偎是一种温柔，只好东张西望地走开，穿过雾色的迷茫，又置身事外，始终是个局外的群体，咩咩几声也就销声匿迹了。

一片一片的心碎，一片一片的寥落落满一条路，落满台阶。秋彻底落在了一颗心上。

秋路上的行人成了远影，弄不懂的情结结的果子还在枝头，不知道是苦还是甜，飞来的麻雀也许知道吧。红叶裹起一个个故事和一个个被遗忘的人，那些人最后的留言把自己埋进了深秋。

是谁捡起最后一片红叶夹进书里，火红的色彩慢慢殷红一页页书纸。那些字，那些色彩，那些情结藏进书里，一阵风吹来合上了书本，也封存了秋天的故事。

一叶漂泊

一片叶子从枝头凋落，在水面漂泊，这一秋的苦涩、一秋的黄昏该漾出什么样的波纹？

荷叶枯萎了，再也找不到那一抹嫣红。湖畔荒芜了等待，花一样的人仿佛还在意象里徘徊。小径、枯荷、箫声如风轻轻和你擦肩而过，不容回首和停留，也不容一声叹息，就无影无踪，无处寻觅。

把岁月折叠起来，加进必翻的那一页。一湖的月色还是苍白无力，三百六十五天该从哪一天数起，哪一天结束，也许你不知道我也不知道。

丢弃的红伞

原本把一切都想象得太美好，秋风中秋雨里，黄叶满地，孤独的桥头，淡然，空落，世界的虚伪慢慢呈现在眼前，又被一阵风轻轻吹远。

把那柄红伞丢在木桥上，也丢给这个寒秋，不想再回头看桥上的身影，昨天和今天深深印在飘落的枯叶上。不再有诗人的心，诗人的情，去流连秋的残酷，虚拟的一幕幕转瞬即逝，不留任何痕迹。不成调的葫芦丝在身后安静了。一年的三百六十五天，三百六十五首美丽的诗轻轻丢在风中，和黄叶一样纷飞。

丢下一个没有结局的故事，丢下你和云一样的诺言。在伞下。

书

打开一本书，我就陷进文字里，那些悲欢离合，爱恨情仇，都成了我心里的苦涩。让我在喜怒哀乐里不知深浅，想到了一片树叶的生长历程，最后随了秋风。

困在一个情结中，我伸出手触到你脸颊的一滴泪。我没有哭，因为冬天占据我们的距离，让爱在屋檐下结成冰棱。

我不想记住一句美丽的誓言，知道它在我合上书后就会飞走，像一滴露珠不会留一点痕迹。看看那一串省略号的延伸，看看一个个叹号的尾声，我只记一个问号，不分白天黑夜地问自己，十万个为什么哪一个也没有真理。

一幕幕，一幕幕直到最后的结局，我看到了自己在故事里的沉浮，纠结，呐喊，默默地流泪，走着别人的路，做着别人的梦，不知所措。

合上了书一切都没有了，我也找不到了自己，只有这一棵树在风中摇曳着。

梦在缤纷，花在飘零，轻轻地落在书页上。

一叶情诗

诸炳兴／绘

无言的背后

说着生死不离，说着不变的承诺，一转眼都随风而去，只有那淅淅沥沥的雨。

春天的故事没有结尾，谁能写出谎言背后的断章？花凋谢了，把夜的黑给了你，不要让梦幻再欺骗你的纯真。天冷了，给自己披一件衣服再出走，走进夜色，不然霜花会冰冷你的心。无须望远处的星辰，也无须沿着月的苍白。站在一片黑里把自己裹紧，太阳还会一样出来，小鸟依然还在枝头鸣叫旋飞。

透过一缕阳光看清了尘埃的飞舞，只是无声地侵蚀你的肌肤或者一份心动，你走着，微笑着面对谎言。

一壶风月

一片叶子划过指尖，缓慢落下。和一个剪影一样，在阳光下，在月影里，云里雾里，风里雨里，只是回首一笑。然后在袅袅茶烟里和你相近、相远。

多少个黄昏和夜晚，泡一壶早春，或者晚秋，等你，在茶香里，陪你回忆。只是在壶里慢慢温润，直到在茶香里迷失。浓了淡了，热了凉了。反反复复品味苦涩里的甘甜。

折一枝桃花相伴，总是想和春天近点，再近点。直到这壶茶只是春天的味道。我握住你的温存，把昨天当故事一一向你倾诉。

一壶茶与你与我，与时光的错过。怎能煮香一片叶里的日子和你同在，太久的沉默让心弱不禁风。低头或者抬头，那一句话却望到天边，像云一样。

一壶风月说不清的情和梦，说不清的你和我，因为各自的季节，不一样的天地。所以煮的茶有各自的滋味。对月、对风、对你、对远方，独自品茗。春，或者秋。

我的雨巷

在悠长的古巷，想听听雨声，听听丁香姑娘的脚步声是不是一如既往，往日的一切在墙壁斑斑驳驳，是昨天的停留还是零落的诗句？

我的雨巷，有姑娘撑着花伞，走进雨一样的诗里。她走进巷子，那个决绝的背影，把我定格在巷子的一端，再也移不动半步，就这样望着。我拒绝了戴望舒的曾经，此时此刻的我知道了诗和远方的哲理。太多的幻想把花伞放在我视线能触及的地方，放在一片光影里，让我的眷恋萎缩成石板路上的印痕。任时光从此溜走。

没有多角度的切入点，只是从一端到另一端，到一个梦重复的叠影里，一次又一次地寻找。

那柄伞撑起的烟雨，让我看不清巷子之外的风景和季节，假设迷离了眼前，多少来来往往像风，也像雨。

当我走过雨巷，却看到另一处的你，撑着花伞走在阳光下，轻轻地离我而去。远处没有我的雨巷。

等 待

拉不断时空的那根弦，每个音符从心里流泻而出，那是思念煎熬的日子。望去的是云是雾，是天涯。

秋千安静得失去了曾经的温度，只有花瓣还在缤纷，没有你也没有了我。那个春天被秋千荡远。

不知道我还拿什么给这个春天，只是在春天里走着自己的路，不再问花开。风撩起发丝，我看到沉入水底的影子。

一首诗的哪一行，可以等一幕落花？

假 设

竹篙的一端是月亮，一端是太阳，撑起太阳时，月亮落下。

撑起一船的心事，从月亮到太阳。湿漉漉的心情云雾缭绕，理不清弄不明，也许一首渔歌能唱出我将要抵达的彼岸。彼岸的花似乎如梦般地开了，还有她。一阵风也许能吹到我的船头，船尾就这样给我一个美丽的承载，不敢奢望一生，哪怕一瞬。我假设着，就在这个清晨。

从云里到雾里，我如此存在。

彼岸在假设着，那支篙在水里被洞穿了七个孔，流泻出来的曲子，流露了太阳和月亮相望里的我，还有一河的迷茫，这不是假设。

路 过

春天来时我也路过了。花儿在半掩的栅门旁羞涩地等了很久。

纤细的岁月丝丝缕缕像柳丝一样地摇摆，以至于丢了花魂，也丢了飞来的蝴蝶。竹笛一声声地呼唤，无论多少长吁短叹也捡不起路上的影子。风还在催着脚步，雨唱着离歌，丢在秋色里的那柄伞沉默了，也错过了相逢的那个路人。

就这样路过了一壶香茶的期待，在一扇思念的窗口留下一枚弦月，被风又吹进了夜……

远　方

捡起一片红叶想寄给你，只写上一句祝福就托付给了风，远方很远，风一个趔趄就把红叶丢在了路上。

无数个想象，都假设了重逢的场景，等待一个春天的相约，可以尽情地诉说着花开，而花里没有了故事，想象让现实极度虚化，那只蝴蝶虚脱地飞出了梦境。

远处飘来一片云，就像一个诗人所说只把影子投进一汪湖水。我把自己的影子投进湖泊，任风吹皱了影子，在一个夏季，一朵莲花微笑如我。

心远，梦远，在远方，风笛吹奏的是你喜爱的音乐吗？

荒　野

时间里一直荒芜，没入苍茫。

也许是对这片土地太过情深，以至于把想象的花草、荒漠、胡杨都在心头积聚，历史里的脚步已上升为天空的彩虹，太阳和月亮都来过，只丢下一片白云。也许这片土地被伤害得太深，以至于情凝成沙，那些胡杨的故事随风而动而落，翘首天边，驼铃也许在远方响着。

荒野荒芜了路径，在油画里重重涂抹，却涂不出一个人影。

寻　觅

云里雾里寻觅着，那些树影低草隐藏了我，缥缈的过去，我在哪儿？

湖面波光粼粼，天空在撕扯一缕缕浮云，昨天的相约已经过期，一湖水拂去多少阴晴雷雨，几片莲叶无波，捧出的一朵莲心，如我似你。

寄一朵莲花给你，骄阳下有一个清凉的日夜。这朵莲花默许了一个夏天和湖心的一轮月亮。无须再寻觅，你就在水里，而我在天上。

茫　茫

跨过一个个台阶，这久已期盼的路径伸向一片净土，树木苍劲遮掩了我的脚步也略去浮躁。把昨天的纷纷扰扰都丢在身后。

风吹落肩头的尘埃，那难舍的视线也被隔断，在另一个世界萎缩成秋天的荒草，秋的凉意侵蚀了心音，浸染了丢弃的文字散落在走过的路上，你拾起夹在记忆中的扉页，千遍万遍却没读出我的苦涩。

牵着轻雾的缥缈，何去何从，自己知道心将丈量和你距离的远近。你在我背后的路口不敢前进一步。没有故事的延续，就在一个转身一切都落幕了。

上一炷香，许下一个永远不能实现的心愿，在香火和云相容时，是否有一个声音轻轻落地？

回头已不知来路，在云烟深处，路也茫茫，心也茫茫。

天　涯

云的传说里飞来一群大雁，来自天边。

把一颗冰心丢进大江大河，也凝成荒漠里的一粒沙，在古道西风里冰冷了月亮。听着丝绸之路的驼铃，说着瘦马寒鸦，那些风可以触及的故事里又有多少遗憾。继续在路上，将带上风雨，还是漫天雪花？脚步重叠着脚步，让岁月一直有阳光的味道。

知道海之涯只是一片蓝，在眼睛里透视着天之大，水之深，飘去的帆带走了风和影。太阳在东边，月亮在西边，星星在心上，哪个最近？哪个在天边？

在山的那边，还有你，都是我的天涯。

梦的深处

多少浪花遗失在岸边，成了沙的故事，很多人来过想捧起放进自己的梦里，仅仅捧起淡淡的忧伤，听着来了又去的脚步声，不知谁的心语落在海螺的心上，还在向远方呼唤。

搁浅的船载不动流逝的岁月，岸边金黄的菜花，绿绿的麦苗在春天的韵脚，期盼远帆的到来或者经过，日出月落，都在张望里成了往日的恋歌。夏日雷雨暴涨，船带着沉甸甸的思念来来往往，漂泊的心没有着落，只有船头的浪潮时时拍打心坎的寂寞。岸上的夏花已红了七月，船一直想靠岸，却一直离岸很远。漫长的河岸从黄河到长江，说不清的日子被秋风吹成了片片红叶，距离里的秋霜在肩头，不知不觉也染白了头发。

回望也如霜，一地秋凉，一河惆怅。

船上的隐忍，河岸的等待，一天天一年年，远了又近，近了又远。船依然向远方，河岸依然沉默在过往，风轻轻吹过的日子，浪花的声音又入梦来。

那些浪花一直在梦里涤荡，把所有的辛酸都磨砺成沙砾，奶奶走过，妈妈走过，我还在继续。远了的云，就像一颗心在一滴泪中慢慢滑落尘埃，破碎的日子在树皮的纹理里，也靠近了风雨。

扬起一捧尘沙，想让风吹散一些记忆的底色，却触到伤痕累累的心，背离的故事时间也无法诠释，只有月下的倒影苍白了河畔的流连。

不曾有过的奢望，当我们再次相遇，一种陌生就像两棵独立的树那么自然。我再也不会说着槐花纷纷飘落的美丽和芦花飞去的方向。

一丝微笑很淡，淡了的背影在明天的路上。淮河从你我的裂痕中流过，你的岸上一片月影，我的岸是空白。风又带来朵朵浪花的声音，在梦的深处……

让心漫步在雨中

那一丝丝温馨的感觉轻轻落在伞上，如双丝网，不可触碰，怕那脆弱的泪会慢慢滑落，在这雨中……打湿徘徊的脚步也打湿了一颗心。

雨幔的苍茫，漫过脚下的路，雨丝织就的迷蒙，模糊了前方，走来的路上不再有你。爱的痕迹是这一路青草的存在，我一步步走过，曾经的点点滴滴是身边的雨丝，伴我一直走下去，走下去，不想走进很黑很冷的夜。

放下和拿起如此沉重，诗里、歌里、梦里满是雨，可是我如何走出这雨，把一缕阳光重新别在胸前，去寻找那个自己？

雨中困惑的我，最后还是把这颗心如水花丢在地上，而离去。

揉碎的花

我走着别人的路，可以回来了，家门还虚掩着，那双空洞的眼神还在发呆。我左手调着苦辣酸甜的一碗粥，而右手拿一支笔写着自己的名字，一千遍一万遍，最终还是忘在一个停顿中，彻底地想不起来。

我说着别人不常说的话，吓跑了说爱我的人。春天来的时候我安静了，就像一片树叶想静静地成长。不要看我，你的眼睛在我眼里，我看到你偷偷地摘下一朵花放在怀里，揉碎了又抛弃。

我常想着不该想的事，就像那些无用的诗句，还宝贝似的一直储存，躲避月圆的夜，背叛一缕阳光，在一条无人的小路上和一些小花相视无言。

你在干什么？妈妈在问我。我也不知道，因为我把一切都弄丢了，只有妈妈喊的名字，还在。

一片花瓣在路上，被脚步踏进土里，不再是花。

拥　有

借一场花开和你相遇，却泄露了内心的那抹嫣红，你是风，又无情地把它吹落一地。

冬天所有的准备都是为了春天的到来。

我放弃了春花和新叶，只是想和你相逢。我不再需要诗和远方，因为怕在时空里一切都会相忘，在另一个季节成了陌路。我想写就我的现在，用真实诠释假设，用一个故事的河流托起与你的漂泊。

我以你为岸，你以我为明天的注脚。

当你捧起我的影子时，我却烫伤了你的心，在春天的深处，你拥有我所有的懵懂，和一生的错觉。

失 去

心里的温柔失去了温度，就在挥手之间，你和我的距离是前世今生。

走进一场雨里任雨把我和昨天的情思扯断在雷声中，雨伞也丢在一个伤心的季节，不敢再回首，走吧，去捡拾属于自己的那片落叶。

很多的如果还是如果，很多的誓言却是一片云。

一颗心画在沙滩上，等着浪潮把它彻底带走。在浪花的歌唱里是不是也会有一些苦涩和悲壮？

让影子最后一次贴在窗口，却感觉不到你的世界。那枚残月没有停留，走过夜，星星都丢在身后。

失去在夜的来临，又在一段距离里擦肩而过，你我错过一个感知不到的世界。

眷 恋

旅途的匆匆，经过每一个站台，有时会留恋一处景致，一个背影，也包括不能和我同行的塑像，牵过它的手。

给过它一个拥抱。没有知觉让我的怀里满是初冬的冷，想要它陪我走一程，而它以沉默的样子无动于衷。

把车站留给了它，偶尔回首的一瞬间，心里有几分酸涩，携一丝晚风迂回在陌生的路上。

又下车了，沸沸扬扬的人群就像身边的风，我不能握住一双温暖的手，希望把我带走。

在你的世界永远静下来。把车上的疲惫丢弃，因为远方的你，还没来得及站住脚，又要匆匆踏上新的旅途，沿着你给的路线我将会去哪里？越来越陌生的前方我不敢去想象，在一张白纸上涂鸦，只好丢进垃圾桶，而心如纸屑飘到窗外。

一程又一程，一站又一站，哪一站能让我久留？问脚下的路，问远方，那些飘过的尘埃让落叶告诉我路在脚下，没有停留。

累了，想有个肩膀能让我依偎，远处的流星雨在向我告别，我只好依着月光给梦一点温柔。

回避不该拥有的到来，躲进自己的围城，一声声车的长鸣碾碎了雪花的盛开，就像我的存在，还在回望已经远去的你，还有遥遥的挥手，把人间四月天留给眷恋的地方。

花开无声

沿着一串音符我找到心的归宿，星星点点的花耀眼而沉默，在它们自己的世界。

风掠过水面的浮萍，也掠过你的倒影，水的波光中，无怨无悔，只因枝头的翘首，就望远了一处景致的灿烂和凋落的轻叹。用尽了音律的轻柔和狂放，还是没能完成一首恋歌，不能省略也不能唱出，一个名字沉闷地堵在喉头。

捧起一缕月光放进晨露的清纯，我却看出了自己的忧伤，那压低的花枝含泪摇头，不敢相信春天的遗忘就这么没有一点痕迹。

雨织密了相思的帘，想隔断守望，惆怅永远在记忆里。

雨中花开了，花谢了，没一丝声息。就像你一直在沉默。

色　彩

无论红、黄、绿、青、蓝、紫怎样混合的笔调，都难以勾勒出我世界的缺失，在榕树的须根里没有我的着落，墙头的花里没有我的仰望，竹枝的叶子里没有我的心声，踏着一片落叶丢下了昨天。

不敢去问葡萄的季节是不是有一串串欣喜，也不过问梅花开放的春天是不是会有蝴蝶向我飞来，我只是在夜的黑里沉默着，任凭多少身影错过我的诗句，还一一回首，把每一句都望出泪滴。

我玄幻了四季的色彩，没有定位的红、绿、黄，在暗影里深深埋藏笔调的忧伤，而我只是用一片叶子诠释这一生的色彩……

我来花自开

夏季的风吹来
荷花轻轻随风摇摆
哪一朵是你的情
哪一朵是你的爱
哪一朵是你美丽的等待
一湖蓝天里，云儿依着湖心徘徊

我随风儿走来
荷花静静向我绽开
你是我的一朵情
你是我的一朵爱

你是我一朵思念的色彩
一弯新月下，一首情歌飘过花海

我来花自开
花开有情怀
花里有情花里有爱
花里有我一个梦的存在

为一首歌倾尽花的情思，我来了，花开了吗？哪一朵有情，哪一朵有爱？在唐诗的轻吟中我应该停在哪一个韵脚？雨告诉我花自飘零水自流，天的尽头有荒丘。我不敢撑起荷叶的心事，躲进一只小船中，分不清东西南北，就被困在荷叶中，错误选择一朵欲开的红花，而梦却凋落。

飞鸟丢下水里的影子，不敢回头看一眼人如花的消瘦，不要再诉说一个浪漫的故事，也不要把细节的温柔刻画到骨子里，因为一切会化作水波融进湖水的深处，也许来年的今天是一朵荷花，也许如游鱼不知去向。

画船的寄托，让思绪游走，随远方的一个秋，飞走的芦花，又在谁的情愫中无奈地飘着。

没有留住身影的流连，又被时光匆匆带走，那年天空有一片云的心。

那儿的情，那儿的爱，那儿的梦为谁而存在？回首一片花海。

我随风儿走来
荷花静静向我绽开
你是我的一朵情
你是我的一朵爱
你是我一朵思念的色彩
一弯新月下，一首情歌飘过花海

我来花自开
花开有情怀
花里有情花里有爱
花里有我一个梦的存在

窗外的梦

那条青石板路还有我的痕迹，春天是一张画纸一捅即破，让我在千疮百孔中找不到属于我的一片落花。一滴清露能否映现一个梦的真实？望去的岁月不再空白。你踏过我的足痕是否感觉到我的离去。

我退缩在窗内，看竹枝在窗口摇曳，一个梦在漫延，在月光的淡然里没有一丝声音能够靠近它的那份静，我与夜只隔着一扇窗，与梦只隔着透明的忧伤。

我无力推开这份障碍，走进一个梦境，只在自己的空间静听梦轻轻走过，窗口的月已被竹枝摇醉摇痛，轻轻摇落一滴泪。

夜的醉意

所有的梦醒了，就像一条街一条街的路灯相视而沉默。那一树红色、白色、绿色、蓝色的小星星，也在想着美丽的童话，夜色醒着，来了又远去的身影在霓虹灯里不停地变幻着。

酒香还在空气中飘着，朋友、亲人都在酒里尽情释放纯真的一面，醉了，在今夜，梦里还在喊着一个放不下的名字。

荷塘边，月亮倒映在水里，一不小心触到了心底的伤也湿了眼睛，匆匆地把一些事遗忘在身后，不再回头，即使灯光里有你，即使灯光里还有一个结局，也不会再去幻想。走了，和灯光相撞得眼花缭乱。

城市依偎着颍河静了下来，河水不再在奔腾中喧嚣，地上的灯光天上的星星还在相望，还在诉说着什么。

落花曲

花落了，在我想离去的时候，背叛了一个誓言，背叛了一个相约，因为我不知道远方有多远，在你经过的路上，那片花瓣上还有我未干的泪痕，风把花瓣垒成心的形状堆在路旁，我将消失在一场雨里。

红色、白色、黄色的花瓣铺成一条路而我疲惫地走在上面。我不敢回头，怕看到母亲一头的白发，怕看到孩子满脸的泪水，我怕又一次转身奔向他们。夜太凉，湖畔太静，只有秋虫的一声声的哀鸣，树的影子和我的影子一样没有一丝温暖，伸手抓不住一缕月光，我看见爸爸向我走来，微笑着。我突然惊醒，沿着来时的路又走回，看见孩子开着的家门。

我很冷，因为心已经丢在那个夜。片片落花在一首曲子中缤纷，陨落，覆盖了即将弹断的那根弦。

诗　笺

秋天遗落一枚诗笺在冬天，上面留下雪花的寄语。

寒冷的腊月冻僵了山路，不知袅袅炊烟还有多少乡愁可以触及。时间打磨路上的脚印，太阳和月亮的影子蓄满了足迹，那一朵山花的风雨，那一个山洞的神话都一一写在背后。

诗笺上是我的回首，只写上：望乡。

风　尘

端一杯酒，岁月的风风雨雨在酒里苦涩着一张脸。

省略柴米油盐的味道，炊烟袅袅处飘走了春夏秋冬的温情。傍晚的门槛，我看到了自己素描的一幅远山，把自己的足迹画在了山外。一个担山工，从山上到山下，一路汗水一路山。家在山窝里，是那竹子根深深地扎在大山深处，却在远方浓缩着乡愁。总是想喊一声，我的声音却不能在山里回荡，只在城市的灯火里碰壁，又点燃城市一样的灯光。信里说尽了城市的繁华，在落款处写上一句：我想回家！

两肩尘埃风吹不去，走在回家的路上酸甜苦辣融进一杯酒，带一缕春风回家，山也含情水也含笑。飘飘的云依然如初在那等着我的归来。

路

路上，走着走着我走成了你的影子。

在一个台阶我坐了很久，等落了满地的樱花，以诗、以画、以歌最终的表白，用很多色调却不能调出我的感情。一路的风尘有了自我，一首诗里你再也无法读懂。

路，有时很长，停下来就没有路了。我追着季节走出自己的风景，还是你的影子吗？

拥　有

身心和一棵树一样，经历风雨也是一种浪漫，在某一白天或者夜里，载着别样的风情。

在诗的意象里，也许我是最直白的那一句，你复杂的想象无法解读，如我一样的清澈。你说我在树叶之上，怎样的飘零乱了意象里的远方，我的解释在月色里如何转折。低沉在月影的背后，能否氤氲一个梦的底色。

我拥有那片红叶，如秋天里的一枚邮票，明天将寄向哪里，你永远不会收到。

一个人

带着太阳上路，带着月亮上路，带着自己上路。和路旁的花开擦肩而过，一河星光细数着日子。一点萤火和我同在一个夜里低吟浅唱，哪一句盘剥了苍茫里风的呜咽。哪一句在沉浮，哪一句无奈望着天，在靠近窗的时候，我看到昨天在梦里昏厥也许不再醒来，而影影绰绰的竹影下还有一只蝴蝶在飞舞。

生了根的乡愁，从此再也走不出一个炊烟袅袅的村落。这个村给我一个名字，一个笼子，我只能望着远处，望着背影里的遗忘。

一个人行走、停留、徘徊，又在文字里轻描淡写。从影子里开始，把影子贴在墙上，贴在风里，贴在一片云上，登上一只小船，把影子留给了彼岸。

约 定

曾经和月约定，将相爱一生。

逃开尘世的是非，心如止水，我就像一片树叶在无人知的空间里枯萎，然后在秋风里又悄然离去。我不想挽留爱情的虚伪和背叛的残忍，只想在现实中有一份属于自己的阳光。在目光中我站直了身板，也拥有了云的思想，就这么漂泊也许更真实。我不会追随你的脚印，因为命中注定我要孤身前行，无须约定。

把虚幻踏进泥土里，梦再也找不到了家，风和雨来过的地方，那些荒草是我遗弃的诗。

走在月色里，找回了自己的所有，约定成了这一杯苦酒。

一颗心

把一颗心举到天空，以树的模样等着你像白云一样飘来。

迎着风，迎着雨，年年岁岁，不改初衷。吹落的往事还在心里，给了回忆。身边的花草在望着我，始终不明白我的站立。

这颗心很大，可以容纳天地，也很小，只能装下一个人。

远 去

一步一个台阶，一步一回头的季节。

走出有你的季节，路苍茫，雁鸣落，荒芜的昨天身影碎裂在路口，夜里有谁相对一份静默。一个小说的一个章节让我背离了现实，而把自己丢弃，总想有个美好结局，故事像夜一样漫长，最后还是让一滴泪结束在梦里。

一个人沿着自己的情节远去，撑起一把伞给自己一片晴空，如果你和我相遇，如果我们能并肩往前走，请你读懂我走过的风雨。

人生没有那么多假设，就像我和你，当你发现我时，我已远去，只丢下一个背影在路上。

虚 化

从此漂泊。像云一样无根无心，只有远方。

春天掠走我所有的色彩，一场风雨后一地落花，让我无从找到自己的影子。身后只有昨天还在雨里哭泣，风也无能为力。也许，一切都会风干，伤痕陷进了一声呼唤。任潮起潮落都无法冲去的声音。我成了一颗颗沙粒，望着大海。

也许还有一个折叠桥无形地打开，我从这桥上走过，有彼岸吗？桥瞬间收拢，我跌进深渊。

一抹云烟深处，无我。

仿 佛

风吹落一地落红在一把红伞下。春天也就此转身，你的背影伤在春天，雨花滑过一个回首。

跨进门槛的时候，风一样绕着晚春恋恋不舍。是谁的一声呼唤，让童年童话般地穿透了心灵。想走进一个梦境却陷进命运的旋涡，眩晕，窒息，迷茫。

竹林的深处你孤零零地又走远了。

是 否

不问春风，不问路。

一树红梅是不是你的整个春天？为什么你靠近春天只见一地落红？是你忘了时间，还是时间给了你距离？你假设了春天，假设一路春花，又假设一个美丽相遇，在一只蝴蝶飞去时，你还是面对一地落红。

你踩着自己的影子走去。

意 象

我忽略了季节，又在你的背影里放飞了自己。

我从诗里走到现实，一种虚幻，梦里你给了我太多谎言，把荷塘月色也据为私有，还有蝴蝶的意象总在春天之外。我不知道把自己虚拟成一朵春花还是一滴雨滴，躲在一把伞下摇曳了雨季，为你，我还是悄悄离去。

也许我回首时，就是你最精彩的一瞬。

我的世界很小，在你心里；我的世界很大，天和地给我一双飞翔的翅膀。

水　滴

是云的泪还是夜的呓语滴落下来，在荷叶上滚动，一个夏天。

一颗水做的心，从清澈到混浊在流年里沉浮，也曾在水面漾起涟漪，也曾在花里哭泣。

那一滴水的等待太久，结成一朵朵冰花贴在玻璃窗上，等着你手伸来的温存。时间虚拟了船只和船娘，在水里穿行着。

一滴水落进眼里的忧伤，又落进湖的一片云天。

倒　影

我希望倒影在水里就像一棵树那样简单，风不要吹乱我的思绪，雨也不要打碎我的脆弱。

从你眼里看不到你的内里，只能在时间的空旷中守望。不知哪种线条才能缠绕视线的转折，让一颗星闪烁在你的夜空？

门前的红灯笼摇曳了多少年，远去的人依然在远方，归雁飞过小河不能触碰一丝涟漪，一只乌篷船却伤了自己，因为船娘的歌声还是船里的箫声？而她手里的桨却彻底把我推进水里。

水里有了岸和码头，还有我。

石头上的诗人

走过的日子，一片一片被风吹落在心海上，起伏着影子。浪潮声声拍打着海岸，白天和黑夜在背影里凝成沙粒。

那片海漂泊了日子，也迎来朝阳，当孤独铺开一片汪洋，一声呼唤送走了远帆，却没有给回归一个期许，远方有片海，还有个望夫崖。

面朝大海春暖花开，在诗里吟咏了千遍万遍，风一样捧着浪花。那片海里沉浮了一生，海水淹没了诗人。望夫崖是诗人吗？

我的雨巷

我的雨巷如梦幻一般淹没在江南烟雨里。我找到了戴望舒的诗句，却不知道如何走进那个悠长的雨巷。

油纸伞在巷子里摇曳着，丁香一样的背影消失在巷子的深处，没有再回首。那湿漉漉的巷子，湿漉漉的句子宛如一滴滴雨轻轻落在我的心上，自从望远了你的背影，雨滴幻化成梦的呓语，我独自走来，独自离去，只有雨声沥沥，撑着你的伞在雨帘内，任由雨点滴落。

雨巷的拐角曾和你相遇，擦过你一缕发丝，丁香的气息安静而忧郁。一次次回首，一次次寻觅，我只能像戴望舒一样在文字中叹息。我的雨巷，我的你，又在哪里？

时间太多地给予又太多地失去，我走进江南的夏天。

碎　影

风撕碎了青春撒落台阶。流水的故事也印染着不可预知的色调。回忆，定格在一瞬间。

有过，走过，是那么简单。也许只是一片花瓣，一支青竹的拥有。脚步停留在某一个台阶，想和一滴水珠一样从云里来又消失在尘埃里，让所有的不知不觉在月影里如梦一般，如我。

时间遗漏了夏天，所以那些水中的莲花在炽热的太阳下依然缺乏温度。不知道当莲花上岸，谁会坐在莲花里忘却尘寰。和一炷香火相对，相忘。

取一片青叶煮茶，淡了一枝梅的存在，一杯茶，一个人，一个世界。一个个碎影。

我是哪一种花

在阳光下，哪一种命名都不太重要。只要你的色彩和鲜亮属于你的季节。

温室里的花似乎有点质疑自己的眼界太过狭隘，总是幻想着外面的世界。名贵似乎轻贱了许多。沿着一束阳光，一缕清风，一片蓝天想真实地诠释一种存在。

那些草的青涩和无名的小花和我一样。拥有风雨的来去，在秋天里沉默，又在春天相互呼应，那些红黄白绿青蓝紫调试了春天的音符。静默，静默，蝴蝶飞过的远方。

我属于哪一种花，哪一种都是诗里的意境，都是歌里的流畅，以我微笑的样子，面对你，面对这个世界，一切如花。

梦　里

走过多少时间的刻薄，和迂回迷途，沧桑掠夺了流年，还没有踏上生命的台阶。

荷塘边柳丝拂过我，背过一塘枯荷，在春天又回首，桃花依旧笑春风，柳花飞絮还是虚化了我的所愿，云一样的故事在飘走前把一滴泪留下，湿了一个许诺。

是和非让一颗虔诚的心颤落。一地嫣红。给自己一个天边吧，从此天涯。

一不小心走进了梦，我抚摸着梦的墙壁，不知哪儿有一扇门，可以让我走出。

总是在路上，总是在梦里……

虚 空

秋虚化了我的真实，我站在风中，像芦花一样被风吹走。

穿过人生最黑暗的一段隧道，一道门在前方为我徐徐打开。

找回我丢失的碎片，还有春天落脚时的念想。拼凑不了思想，也不会在一个死角纠结自己的一个转身。当我还活着，就会在路上一直走下去，把春天的诗、夏天的荷花、秋天的云、冬天的雪花，裁剪成我的衣衫飘然在路上。

丢下回忆及纷纷扰扰，而我在虚空里化作一缕月光或者阳光，再次穿越。

如 此

时光的背影不再回首，在孤独里摇曳着。

走着走着，丢了春天的色彩和夏天的浪漫，秋风吹走喧嚣，苍茫里剪影我的未来。舍弃一头长发，舍弃灯火的温度，清风一样远了梦的窗子。

那些装饰窗子的情结，和笑容净化在一杯香茶里。没有猜出故事的结局，只是恍惚在月色中，迷失了走来的路。

楼角的风铃叮叮当当，碰落锈迹斑斑的岁月，云一样的我被风吹去了哪里？

拟 订

一朵花在雨里虚化一个春天，也虚化一个人的存在。

拟订一个故事，似乎有开始有过程也有结局。这个模式让脚下的路断了几节，断裂里填满一个人的青春年华。就这样抹去每个细节。

想给自己撑起一片天，却被秋叶打翻在地，脚步踏着一片片落叶，风雨里。

河里倒影岁月的影子，把自己交给这条河想泅渡残生，又能拟订什么样的主题？一切一如从前，浪花还在奔腾地唱着远方。

听

我不愿看到虚伪及虚伪背后的龌龊。那些修饰在时间里凋落斑驳，裸露出不堪，还有一张狰狞的面孔，它贴上去的笑也即将脱落，及扭曲的五官。我不愿看到欺骗如何残忍，把假的说得太真，真得他自己都会相信。我想到了一个演技很好的演员，也看到了他卸妆后的真面孔。

我只想听远处，听一种幻觉给予我的真实和温暖。那儿的花开蝶飞，那儿的流水人间，那儿的渔舟唱晚。那儿有一个人在诗里等待着我。去听那儿属于我的真实，去听一声呼唤。我愿这样静静地去听，听一阵风轻轻地把我带走。

我用文字把自己打包，去除黑夜及所有的伤害，去除最后一滴泪。默默邮寄给远方。

简

一把稻草搭在一横一竖一撇一捺上成了房屋，一撇一捺走进门槛就是一家人。

月亮在夜空，藏进简易的竹枝里注视一个人的影子，梦一样在夜里徘徊，一短竖倒在一长竖上，所有音符在曲线里跳动，起起伏伏，转转折折，也许这就是一生。

幻影在墨色里浓缩成船只，在一河风月里驶向彼岸。

一个简单地来，一个简单地去，在十字架上暗示。风和雨的参与，打乱了一切。

隐 藏

一朵莲花隐藏于世，是因为一汪水包容了它所有心酸，声声木鱼敲散了俗愿。

几片落叶拂去我再一次的回首。走进一扇门，窗外的月和孤灯摇不动我的身影，佛音绕过灵魂的苍白，能否在虚空中不再碰撞？

我还是明白了一棵老树的暗示，树干的裂痕里藏进岁月的摧残，伤痕累累。我却把冰冷的心塞进树的伤痕里，又决然像风一样离去。

山野云中给我一条路。走到佛前，捧一朵莲花灯静坐虚空里。

梦 里

一个写意就把我推进梦里。黑和白抹杀了沸腾的色彩，倒在地上的影子像夜一样的黑。

选择一汪湖水也无法洗去憔悴，望穿云水一盏灯火在天边闪烁。我蜷缩在一句忧伤的词句里，任昨日的落花掩埋我的气息。

生活抛弃了我，我抛弃了自己。

岁月徒然在一个梦里，沉浮、挣扎，残喘虚空了半世花开，一双无力的手把这一切打碎撒在路边，又被一阵风轻轻带走。

一束光穿过夜，穿过一棵新竹，也穿过我黑黑的门窗，我把自己重新找回。

路的意象

不是拟订一条路的曲折，也不是故作一缕阳光的犀利，就这样不知不觉地走过一段旅程，不曾踏及路边的青苔及台阶上斑驳的尘埃还有片片落红。

春天在路上铺满诗的意念，那些小草、小花的萌动，是重生还是继续梦的延伸？路转折在序曲里，迎面而来依然是烟雨迷蒙。

一颗心的穿越，在时间的隧道。路在远方。

一路走来

一

一片叶或者一朵花和一块石头在一起，忽略了一个春天，石头还有温度，因为一个人影雕琢了故事的始终。

我站着，依着石头站着。我望着远方，那片海是否还帆影点点？是否在潮涨潮落时把心声留下？从海螺里是否还能听到一声声呼唤？

所有的未知都凝固成沙，一粒粒丢给了海岸，丢给望夫石。

面向大海，那一朵朵浪花唱着歌，而我唱什么？

二

想在镜湖里寻找水声，而一湖波光湿了我的影子。

昨天已沉寂在水底，就像水里的那片云无声无息地远去。化作一滴水在湖里，有和无都一样，远和近都一样，人在湖岸，心在水里。

当我沿着一个路径走去，背靠着湖水，影子淹没在水里。

三

有一种望，是越望越远，越远越望。

牵着风的日子，风吹草动，风起云涌。在某一天的某一时风把我吹成云的样子，来去匆匆，甚至不知道什么是喘息，无根无蒂，最后落在水里。

梦一样存在，梦一样拥有。等风再次吹来，浪花不停地问我是谁，我是谁？我是湖心的一滴泪。

四

守着桥的故事，却解不开栏栅的情结。

来来往往的脚步声重复着冬去春来。就在一个回首，错误地看到守在桥头的苦楝树，一枝枝紫色的小花笑得很甜。因为你的离开，它把笑藏进秋风里成了一枚苦楝果，有颗苦涩的心。

风雪来临的时候，它轻轻落在地上，被脚步踏进泥土里。于是，桥头有棵苦楝树，结着苦楝果。

五

我不知道它叫什么名字，只知道是一朵秋天的花，紫色的身影，紫色的情丝。

我想用紫色涂抹生活和远方，面对诗人时，我把他一本诗集都涂成了紫色，从序到最后一页。打开是紫色的千丝万缕，合上是紫色的层叠。

当秋风打开第一页，在紫色里萌动，吹落一片紫色的花瓣。

六

韭菜开花了，这一簇花开成秋天的样子。

时间的刀不停地割着韭菜，刀不明白为什么越割越旺，割了今天还有明天，割了明年还有后年。刀在，韭菜在。

韭菜开花了，最后以一朵花的微笑面对着刀，面对一个寒冬。

七

布一个跟头栽进染缸里，飘在风中的，是一条条蓝印花。

挫折中翻腾，高温里沉默，时间的表计算着命运的尺度，也改变着现在和未来。布还是布。

出了染缸，也染就了你独有的色彩，飘在风中，裹住思绪，也裹紧一个美丽的传说。

八

谁的一双手雕刻了门楣,千雕万琢,屑沫飘落了时间的底蕴,让所有心愿都定格在一个门头。

昨天不在,往事随风,是不是就在开门关门时,把日子都关进门内。不再去问及窗外的故事,哪怕一滴雨再次打湿心门,哪怕风再次敲门,而门关闭了。

太阳照亮东床,而西窗的月却又把柔柔的光洒进窗内的那个暗影。

九

一级一级登上峰桥,上了桥,却登不了山。

因为桥头的牌坊挡住了脚步,牌坊隐现的故事触及一双泪眼,那滴泪在时间里凝固成了石头,一个个往事都失去了温度,爱和恨不再决堤。牌坊上的云飘来飘去,背后流淌的河水是甜还是苦?

我只在石阶上徘徊,这个秋天是不是在牌坊下有个永远的背影。

足　迹

一次旅行,就被时光萎缩了足迹,抛弃在潮起潮落的滩涂,光和影里追逐着爱的温度。

随一片云飘向故乡,日程里的雨花还在迷离。不见了母亲的炊烟、爸爸的田野、姐姐的槐花、还有哥哥凝视的飞雁。被一个拾秋的老人捡进竹篮的回忆。茅草还在自由地疯长着,不知童年在哪一丛草下生了根。时间割去夏天的叶子,我成了永远的草根,在这野火烧不尽的地方。

走在亲人的背后,荒草掩埋了路径,乡音把我带回了家,锈蚀的门环再也没有敲开门,几片秋叶落在我脚下。

沿着初始的路进不了家门,归途的曲线能否绕过回首?能否像风一样轻轻来,轻轻去,让足迹贴上家乡的月光,从妈妈的故事里离去?

你成了我

你撑着我的伞走着你的路,在烟雨里你成了我。

你知晓我心的疼痛,在码头撕碎了回首。前路漫漫,你将如何起步,像风、像雨、还是云?如我遗弃湖畔的青春,梦着、醒着、痛着、走着,一一虚化。

日子在岁月里风化成石头,你成了我之后也风化成了石头。在望着天。

路　旁

　　夜里，那些竹子以水墨的样子和你错过，还有那只风灯也无心再等你到夜深。夜的色调把你也涂进了夜黑。

　　梦醒来还在路上追赶着太阳，忽略了那一扇推开的窗，一首曲子幽幽地召唤，而晨雾缭绕着沉默，回首路上裂痕里一朵决绝的落花。

　　路越走越远，你把自己遗落在路旁，风雨过后，你成了一棵墨竹。

背后

流　年

最美的年华给了花，就像把梅花古镯戴在玉一样的手腕上，让青春蕴含着别样的味道。

拟定的路很青涩，除了绿树就是花儿，错觉或者不期而遇，在前方的转弯处，却是人生的一个转折。

风摇落了我的春天，我却捡不起那句美丽的誓言，看着它飘落，看着它褪了色彩。今年的春天已过，而明年我是否能在这笑靥如花。一个身影贴着落花远去，却把花踏入尘埃。不再回首。

把一个梦想写在一片红叶上，任其漂流，也许会抵达你心中的彼岸，你却不能读懂，而读出了无声的告别。

我点亮一盏又一盏灯，让自己看清自己的影子，是倒在地上还是依着夜继续行走。走着走着，就走成了自己的路，在夜的路上。

停留在风雨里，一朵朵雨花印在脚下，也洇湿了衣衫上的尘埃。时间让回忆褪了色，所有的故事却在梅雨里一点点霉变。

累了，淡了，沉浸在尘水中，有我、无我、忘我、搁浅了我。这一滴墨能否写出一本书的名字，流年，也逝水。

也许一段里程，也许一首诗、一幅画，甚至一首歌，就这样似真亦梦地表达。拥有，失去，拿起，又放下。我的影子里还开着五彩斑斓的花，在流年的波光中激漪。

昨　天

风吹散了昨天，也把身影吹进了回忆，手触及的花儿还有余香，那个季节却再也不会回来。一个鹅卵石的故事永远在湖畔，多雨的日子已洗去了它的色彩。

一个人走在路上，桥头那边还是那弯月亮，多少光波穿刺了心灵的窃语，流泻的疼痛藏进竹影。许诺一条花路在未来的春天，即使梦里不再微笑，不再执笔涂鸦一张白纸，我还是以一首诗的模样走在自己的路上。

昨天也许是一片云烟，在那云烟的深处有我无尽的徘徊……

光　阴

总是在拾级而上时，丢下花一样的足迹，没有和风打个招呼，就飘摇在路上。太多的青涩与我同行，伸出了藤蔓的思绪。不是因为奔赴一场花开，也不是为了走过戴望舒的雨巷。只是在路的转角时，一次迷蒙的回首。

把光阴抛在身后，撕碎了一树花开，和你又擦肩而过。雨花湿了背影，让光阴的故事被慢慢淡忘，零落。而雨中的行走还是那么匆匆。那拾花瓣的人能否捡起一小片身影，带着它离开这个春天？

轻轻的一次喘息，依着时间的门槛，看海棠开在诗的韵脚。门内关着的茶盏，为谁又把新茶泡上？再品一次离别吧，一壶，半盏，熏香袅袅飘过时间的裂痕。

所有的等待只为一次花开，而飞来的一只小蜜蜂在打着哑语。花不解，绿叶把似是而非都遮蔽在光影里，淡淡地把许诺低在尘埃，低在回忆的深处。

没有来得及走进一朵青莲，无法诠释一段光阴的底色如此涂鸦，而又如此沧桑。

我听到自己的脚步是那么轻，就像这晚风吹过发梢。月圆了，在向晚的时刻，我是故事的主角吗？风把我吹进夜，吹进梦里。

曾　经

曾经路上的追逐，身后的月影，前面的朝阳，都一一踩在脚下，成了我们的路。

春天姗姗来迟，花落时你走到我身边，而我又与你擦肩离开火热的盛夏，不知不觉淡忘了一塘荷香，抬头的秋季，荒草连天埋没了将走的路。没有足够的时间去面对你的憔悴，也没有把你的手攥在我的温柔里，曾经总是在刹那间，来不及说出那句话，你就像风一样走远了。追赶上一朵雪花的留言，却是一滴泪冰冻在冬天。

诗里、歌里都有你来过的痕迹，也有我等待的路口，一树的四季眩晕了所有的日子，最后清醒时，看到叶落一地。

曾经的扉页，一遍一遍地翻读，一次次地回忆，停留时却越来越远。

走　过

远处的乡愁还挂在月下，吟咏乡关何处，把归来回应得云里雾里。重叠着岁月的千丝万缕，没有任何一条河能流走它的低沉，也没有任何一座山可以顶起这一片云天。在回忆里迂回，再迂回，永远无岸。

放下油纸伞，放下雨季，也放下江南。挥一挥手，像一片云一样的离开。沿着命运的河，将一路漂流。

来　过

帆影随太阳升起，伴月归来。

放逐所有的狂想沉浮风口浪尖，起点和终点的抬头和沉思错失一杯酒的滋味，也许喝过的人才知道。很难看清人海里人与人的默契，就在我从你身边走过时，你才懂得什么是瞬间的震颤。那些只言片语垒起来的高坡，让你压抑在一句叹息的结尾。不想说的话在诗里，不想懂的情在歌中，一阵风吹来，面前只有河水叠起的千层浪。

丢了时间的河畔，一颗心藏进沙滩。多少重复的身影不曾回首，更不知道脚下会踩痛昨天的故事，风来过，雨来过，一切回归自然。没有月的夜，满天的星星在思索。

跨　过

秋风吹落枝头最后一片黄叶，那弯月儿也被吹落在淮河岸边。

浪花一样的故事被淮河一一收藏，日积月累让河无法承受，于是暗示着淘沙人被一船船载到该去的地方。之后河水恢复了原状，心却空了，空得只剩一双眼，寂寞地望着天。

是谁站在码头说着一嘴家乡话，说着说着心事就搁浅了，再也找不到那个摇曳的背影。

想跨过这条河到你面前，不能跨越的是时间的门槛，你在千里之外，一条路一生的追逐，就在我踏上河岸时风却吹落漫天雪花，让我再也找不到路，我不知道自己是哪一朵，是不是会飘落在你的窗台？

抓住昨天不放，没有温暖的日子让时间早已冻结，封存的记忆在透视着冷漠。那一片天，那一方土种过多少痴情和遐想，当一声号子喊醒东方的太阳时，你是否会衣衫飘飘在一片云烟的深处。

走　着

走着，走着，就长大了，花就开了。

童年的一朵向阳花给了初始，把未来想象成童话。错觉里知道花开就是春天，丢下童年，悸动的心触及玫瑰的羞涩，把青梅竹马的歌唱了千遍万遍，想唱成自己的故事。那一首短诗，等你走近，轻轻一声呼唤，仅仅一个回首，最美的时刻就从那开始，也从那结束。

风走着，雨走着，时间走着，你也走着，交叉和平行，散落红的紫的花瓣在脚下。走着，走着就错过了，一错就是天涯，年华在花里飘落，还有你的微笑。再回首相视的冬季，我们又在陌生里各自离去。

重　生

　　悄然在窗外，一个你发现不了的地方，以我存在的价值活着，不再奢望生命的绿。

　　秋风秋雨给我编织了一帘秋梦，身边的小草诧异我的存在，于是把我当成一种标本，而忽略我的生长。看着槐花如雪，溪流清澈，在彼岸的月色里你会不会也在守望。

　　菌类的纤弱，一如青苔不能抹平冬和春的裂痕，在枯枝残叶上撑起一把生命的伞，遮掩我苦涩的期许。多少个岁月轮回都冷了我身边的月色，多少次守望如尘埃，想有一根长长的藤，你在藤的那端，我在藤的这端，轻轻一牵两颗心一起跳动。

背　后

　　一夜的梦滑落在露珠里，那是一滴泪吗？是你的，还是我的？梦醒时只有我自己。

　　当一只竹筏划过河面，夜留在了岸上，竹筏上的人不再是你我，他们沿着我们之间的流波而去。相望的你我看到一道伤口。

　　时间里我只给自己一个背影，多年以后，回首，自己还站在那里。

回　忆

　　把一段时间做成了框架，里面却是空白。

　　熟悉的面孔渐渐模糊，是谁把一束兰花丢在脚下，让最真实的东西突然那么虚无？这打翻的春天成了一幕烟雨，于是，你走出这个春天。

　　这一地的落红是风雨过后，是回忆吗？为什么一片也捡不起来？你也成了一片落红。

生　命

　　不问风雨和沧桑，我在，生命继续在云里雾里。

　　从熙熙攘攘逃到大山深处，山路上一个个台阶，当有人踏过，是不是还能感觉到我的喘息和疼痛？那一声呼唤从山上摔到谷底，碎了所有依恋，面对野草野花野树堆积的大山，我成了青苔，空谷还能含笑吗？

　　望远春天的背影，我窥视着那些像我一样的走来和离去，偶尔山雨欲来，凌乱的脚步也跌进了伤痕累累的大山，而我却成了冰冷的石头。

去　处

沿着岁月的石级走进云烟深处。烟尘恍惚了一个个背影，那个真实的春天也成了故事的特写。我在石级上张望枯萎的树叶。

时间的风灯摇曳在路上，照不亮前方。几片花瓣飘落了回忆，一一在背后化作尘埃。怎样的风，怎样的迷茫，把我交给无梦的夜，又肢解成孤独的碎片撒进月的苍白。

云雾淹没了我的日子，没有人能看清我。在另一个季节里，我也看不清自己。

所　以

一个个因为都误了花期，只是在花一片片剥落了激情之后，才姗姗来到荷塘边，断裂了那一阕吟了一半的诗句，下一句也许在虚无缥缈里不知所以。

是一片红叶压弯了桥的岁月，让昨天的昨天都化为浮萍。撩起的云烟里一个相遇充实了桥的现在，把美丽的故事再次重演，不管明天是不是会成为水影。向雨许诺日出，向风许诺长路，向未来许一个月圆，默默地伫立，望着云轻轻远去。

一个又一个意念虚拟了山水，虚拟了小船，也虚拟了码头。远方在虚拟之外，梦也触及不了的远，用一曲悠悠的琴声能否迂回过一道天河？一颗心拿什么来泅渡？云烟已掩去了岸。

那些的那些

我在时间里陪一片绿叶行走，没敢假设路上的风景，只是穿越一场风雨，把身后比喻成影子，把明天隐喻在一丝光影里，等着一刹那的出彩。

有人走过桥，而我回归在桥的过往，不知所以地望着浮云。没有人隔断我遥远的意念，也没有人把我从寂寞里带走。我只是我，只是桥头永久的写照。即使夕阳落幕，我还以梦的样子在幻想。

曾经我把自己定义为一块顽石在一个水畔，当风再次吹落我，低头，我再也看不清自己。于是，在涟漪里无限放大回忆，直到又陷进一个深渊。

为什么总是把一切归功于那些，脚步再一次重叠着风尘，而我将怎样走过那些，匆匆在路上。

剪　影

风把我吹成了剪影，所以和你无声错过。

水岸边我站成一棵相思树，一年又一年，最后一片相思落在了水面。时间扯成了云烟，失落的春天包裹着回忆，在梅雨季节又打开。

忽略了一段路程，因为剪影把我伤得太深，以至于失去了生命的色彩，夜深时我把自己装进信封寄给了你。

我提着茶盒却没有泡出一杯香茶，在时间的阶梯上，我沉默着。

桥　头

桥边的影子知道桥的一头是春，一头是秋。

走近春怕错过花开，走近秋怕落叶会落在心上。在桥上就站成了一个石栏，一直没挡住流失的季节，还有却别的脚步。捣衣的女人还在捶打着日子，清纯如水般沉寂，就那么一碗酒是晚霞的滋味，让一生失眠在炕头。

迭起的伤感在夜空，星星的泪还是把它打落，轻轻地在不能醒来的梦中。

想过以一首歌结束一个故事，可是主人公已不知去向，我只有一个人伫立在桥头，就像石栏忽略身边匆匆而过的人和这个春天。

天　梯

从历史长长的巷子到天梯也许是一个人的距离。

时间和故事不断剥落，成了倒影。炊烟曾缥缈了白天和黑夜，还有老人和孩子的笑声。如今石板路上只有幽深的孤寂，和陌生的脚步声，可能那些笑声沿着天梯登上了天堂。大手牵着小手，小手紧紧抓住天梯的命脉。我们在天梯上被一颗石子打进深谷，瀑布冲洗了所有痕迹。

历史弯成了一座桥，桥两端的人永不来往，一样的太阳下一样的月光里，同在。而所有谎言都在陌生里相忘。

落　花

当花纷纷落进一首诗里，吟咏的路径又将在哪儿迂回转折？

你沉默在美丽的幻想里。花开的故事也不再真实，当你踏着落花走过时，没有听到嫣红的痛楚，一场风一场雨的温存也只不过是摧残，让这个春天不可回首。

一个转折，你在荷塘月色里把自己推给了夜，可是再也没有了梦。你被一瓣荷花带走了心。

你走着走着就像一片落花，被风吹进了落花曲。

风　中

一捧落花撒在风中，春天的失忆让风彻底带走，昨天、今天的光景。

码头虽不是为一个人所有，当月和人相望时，这儿却只有月下孤独的影子。随风的日子没有挽留某一个季节的某一天，淡淡地走来，淡淡地离去，总是在一条线上，习惯了孤独的安排。

朝阳里我看到自己如水的身影，新的一天又起风了。

写　照

走在你的前面，我在你的猜测里左躲右闪，一个谜随一片白云飘远。

我只面对大海，喊出一个名字，浪潮层叠了海鸥声声。梦总是在远方碎了守望，许多的未知都在行程里漂泊，码头和彼岸也许会是一个故事的终结。给设想烙印，这海滩印下的徘徊从未陈旧，每一步都深深陷进你的世界。

一个人的风景始终在你的承诺里固守着回忆和明天，只希望面朝大海春暖花开。那是蝴蝶飞过沧海的影子。

我用背影写照你的一切，也写照一个未来，虽然没有回首，那一声笑给了浪花，继续写照我的日子。

一种蓝

一片云带着露珠的湿度，轻轻拂过，拭去时间的尘埃。

一朵菊花，一片黄叶，隐现着别一番的故事和未来。不是火红的柿子，也不是银杏果的苦涩。面对一塘秋荷，瞬间，把这一切都归为水墨，而风无言。

这样幻化了现实，也幻化了一个梦境，贴上自己的背影，在这一片蓝上。不问明天是什么季节。

寻找自己的影子

昨天不声不响地被一阵风卷走了，一堆秋叶里有过多少故事。青春岁月悄然滑落，我没有发现自己的影子在渐渐缩小，从一朵花到一粒尘埃。听着风的叹息和雨的哭泣，这些让我一步踏过，脚印里的痛木然了回首。

丢了，我的笑；丢了，我的天真，我的浪漫。在不经意间面对一面镜子，这张陌生的面孔，我不敢去触摸，她眼睛里是谁。妈妈喊着的还是那个名字，我依然答应，但是我却会不由自主地寻找，名字还在，而我在哪？

一觉醒来，把自己丢给了回忆，打开回忆之门的钥匙也丢了。一个似曾相识的身影从我面前走过，也许是她带走了我，也带走了打开回忆之门的钥匙。

继续在风中

车轮碾碎了流年，脚步迈出门槛继续在风中。

一杯茶的岁月能经历多少风风雨雨，在杯子里静止了，火热的夏日烤干了浪漫的情愫，退和进浸泡出苦涩，用云裹紧伤痛丢在路旁。蝴蝶虽然飞不过沧海，但是可以飞过一颗心，可以飞出一个窗口，独自舞蹈。

路过一个秋季，蝴蝶成了枯叶；路过一个冬天，思念成了雪花。

没有结局的故事还在继续，你继续在风中，望着天涯。一根线条将在哪儿收笔？

和路边的树同行

一年四季在树上绿了、枯了、落了，只有太阳的深情深深地烙在心里。

春天等来盛夏，又等到了秋天。

树下多少故事还在重演，就像你我的相遇，匆匆的过客看不懂树干上永恒的诺言，树走过多少岁月，我漂泊过多少光阴，而风把树叶吹落在我的脚下，我踏过了这一程的秋音。

风摇曳了季节

因为雨荷，芦苇总是守着一个岸，守着一个夏，从荷尖到枯荷，到芦花到故事里的决绝。还是守着，风摇曳了梦，不知道远方是不是另一个夏天。

时间总是把幻想酝酿，还有一个未知在太阳下是不是就是一滴汗水。湖水彰显着无数的涟漪和云来云往，又怎能预知一颗心在水底沉寂多久。多少人来来去去，走走停停，把擦肩的故事复制粘贴，而又被雨刷屏，不留一丝痕迹。而那个久久伫立湖畔的人，再也没有离去，就像芦花。

雪花是否可以代替芦花的痴情，把你的影子温润在一个回首，湖畔。荷花依然在你背后，风摇曳了时间，摇曳了地老天荒。因为远，因为在。

春天的列车

列车在春天的节奏里驶过一场花开。

信心和希望装满每一节车厢，无论儿时的梦幻、年轻的痴狂、中年的际遇，还是老年的向往，都在各自的位置上随列车不停前进，思索。

大片的油菜花散发出金黄的芳香，想独占春色，桃花、梨花、海棠，还有樱花彼此传递着春天的信息，告诉你，春天来了！

曾预言一个小船的故事会在春天的流波中搁浅，而预言搁浅了，风推着小船驶进了春天。

阁楼上望一缕缕烟云朦胧，还有那个撑着小花伞的女孩从一首诗走进了一幅画。

秋天的那一片红

一片红叶飘落肩头，我听到了秋天的声音，慢下来，慢下来，迎着秋风，踏着落叶，把半生的回忆一一印在了红叶上。也曾伤心，也曾痴狂，也曾跌倒了再爬起，一切的一切都让一阵风吹去，那片红叶上还有刚刚留下的伤痕。

一路的追随，梦醒了，身边还有谁，在风中还得孤单地往前走，摘取一片红叶，许下一段里程，或急或缓，或者背对月亮，只为迎一次太阳升起。一路走来的诗或者歌，或者浑浑噩噩，只有自己知道。曾经许诺未来和未来的自己，即使伤痕累累，即使只拥有自己的影子，也会走下去。精彩与否都不重要。秋天的回首，每个人都走成了一枚红叶。

我长大的家门前再也没有爸爸的身影，残墙断瓦还残留一些枯草在秋风里，像爸爸在对我招手。我把一句话写在红叶上："天凉了，别忘了加衣服，爸。"又写上我的乳名然后插在锈蚀的门环上，爸爸一定能看到，知道秋天的这一刻我来过。我裹了一层雾又裹了一层云默然离开。

秋天的那一片红叶，有风雨的痕迹，岁月的沧桑，心血浸染，红得绚丽，红得心痛。一阵风吹过，一片片轻轻落进诗里。

浅　秋

还是这个浅秋，还是这些落花。

点点碎花散落一地，一地的水花……

夏天的故事成了昨日烟雨，迷蒙在一个梦里，风雨隐去一个背影。水雾一般，初秋的风不知从何而入，才能让昨天和今天相对无言，才会在回忆的边缘了却。苍茫的意象在晚霞里淡进淡出，无梦。

抬头，落花纷纷，不能挽留的告别，在转身的一刹那，一句留言缤纷在花里，把一份感动深藏在红叶里，拥有和失去一样不经意。

花香了足迹……

深　秋

芦花飞了，和几只白鹤一道远去。

向着一片云，和云的天涯，漂泊在路上。码头，万水千山，还有石桥及桥上的人——成了远处的风景，只有依稀从回忆里找寻。

我不知道芦花转瞬成了月亮花，在不能触及的空间里，那是有梦的地方，可是梦里的人不可知地成了影子，萤火虫一样在夜里，风一吹就不见了。

用呓语编织一种谎言，诉说一个虚假的故事，在和不在都是一样。当谎言把自己推落悬崖，破碎的声音在空谷回荡，是呼唤，还是叹息……在这个秋天的深处。

秋　意

一阵秋风吹落一片秋叶。

昨天的故事走失在路上，只留下一把花伞在雨中，无法撑起这个季节的飘零。匆匆而过的来去，不曾在意，也无须回首，曾经成了永远的曾经。

秋浓了一杯煮香的老茶，浅浅的一杯，眼神在淡淡的茶烟中迷离，看不清未来，也看不清现在，千万个为什么触碰一串风铃。在风里诉说着。

把一颗心贴在一片红叶上，任它飘落在足迹里。我在路上，冬天也在路上了。

因为月亮陪着我（后记）

陈兴玲

在"爱你爱你"年（2020年），我的歌词集《爱里的月影》和散文诗集《飘落的云影》正式出版了。这是我第10和第11本书。虽然不是大作，但每一首词、每一篇散文诗，都是我真情实感的流露。我的梦、我的月、我的身影都浅藏在文字里，呼之欲出，弃之如烟。那些花儿，在我灵魂深处开了谢了，谢了开了，它们像村口的槐花，美得那么飘逸、伤感，而又朴实。我总是想抓住这春天的气息，而它却是那么缥缈，让我带着月亮，一路追逐……

此刻，首先，我万分感谢中国作家协会副主席张炜老师，他在百忙之中抽出时间，为我的拙作写《序一》。从他写的《序一》中，可以看出他认真阅读了我的一些文字。尤其是他读了我的散文诗《咸菜》，道出了一句"这种近乎恐惧的哀伤"，仅仅这一句就足以说明他懂了我一路走来的不易……是的，正是这种恐惧的哀伤，才让我变得坚强、韧性，始终不懈地顽强拼搏，走出哀伤，走出阴沉压抑的日子。我向往枝头的一朵春花，拥有春天的温暖，拥有自尊，拥有自我，所以，我坚忍不拔地选择我的人生之路，默默地往前走。我不会孤独，因为，在夜晚的月光下，月亮一直陪着我。

其次，我要感谢中国作家协会副主席叶辛老师为我的《飘落的云影》题写书名。我知道叶辛老师为我题写这书名，是鼓励我在文学路上，继续走下去。他知道我是一个地地道道的农民，也许他曾经是知青，也当过农民，他对农民情有独钟，更了解农民能走上文学创作的，少之又少。也许，我是个农民中的另类吧。我自小喜欢阅读，从识字起，每当夜深人静时，我会偷偷地到月亮下看书，去写自己内心真实的文字。

三十多年来，无论受到多大委屈，无论别人怎么看我，我从不放弃我的梦想。我深知，一旦放弃，也就放弃了自己的人生。平时，除了下地干农活、带孩子、做家务外，我忙里偷闲，书不离手，极少和别人交往，无时去问风月，更无闲情逸致。

我还要感谢书法家顾世雄和姚国钧两位老师。姚国钧老师给我的歌词集《爱里的月影》题写书名，又给我的诗挥墨。顾世雄老师给我《飘落的云影》中的诗和我的"一壶天下水，半盏世上茶"诗句，挥毫献宝。衷心感谢两位大师的厚爱！你们那刚直不阿、洒脱大气的书法，写在了我的心里，写出了我的性格，写出了我的人生。情是墨，墨染情！

最后我要感谢的是上海知青作家诸炳兴老师，前几位为我的书付出的老师，都是诸老师的好朋友。在此之前，虽然我出过九本书，但都由出版社具体操作。对于出书的相关知识，我是个门外汉。诸老师不仅给我的新书作了序、画了插图，还帮我一起指定新书的策划、排版、设计，真是费尽心血。诸老师是个非常认真的人，他说做事要么不做，要做一定到做好。他对我的这两本书要求很高，从审稿、写序、书扉页的诗、书的题名、排版、字号、插图等都要求很高。

我认识诸炳兴老师，还是从我想买他的两本新书开始的。2019 年年底，我通过一个"作家群"中的上海老干部徐宝其老师介绍认识了诸老师。我称徐宝其老师为"李叔叔"，是因为当初在我们村有两个姓李的上海知青和我家关系很好，我把他们当成知青"李叔叔"，我作为"知青二代"，这样的称呼更为亲切、自然，不仅拉近了关系，还延续了知青友情。大家都互道珍重。

有一次与"李叔叔"闲聊，他说我喜欢读知青的书，他能给我介绍一个知青作家、画家给我认识，说这位老师人品好，又多才多艺，不仅善良、热情，还乐于帮助别人，曾经给知青寻找到了失散 40 年的孩子，给知青的两个弟妹，找到了他们 50 年前去世的哥哥的尸骨……他是上海知青历史文化研究会的会员，他总把知青托他的事，当作自己的事来做，很多知青都很尊重他、敬佩他，他是个号召力极强的人。听"李叔叔"讲了许多诸老师的故事，我深受感动，心想我一定要读诸老师的书。

今年元旦，我就斗胆加了诸老师的微信，并讲明我要买他的两本新书。他听了我的来意，马上就接受了，我问多少钱，他说他的书只送不卖的，如果给钱，就不给了，何况我是知青后代。当时，我很茫然，因为这两本书是他多年的心血，我怎么可以白拿呢，但也没敢坚持给他钱，我怕他真不给我书了，因为我渴望着要读这两本书，我想更多地了解知青的历史故事。

因为疫情，一周后我才收到书。捧着诸老师《版纳记事》《多彩生命》两本装帧大气的精装本，我如同见到了久违的亲人，沉甸甸的，多么好的前辈啊。我急忙打开封面，扉页上写着："赠给陈兴玲小妹，美丽的西双版纳，有说不完道不尽的故事。"那漂亮、飞扬、有力的签字，让我目瞪口呆，想起了自己，顿时，我不禁泪如泉涌……

在和诸炳兴老师认识的这几个月中，我们交流最多的，还是那些历史、文化、文学、社会、人情、欣赏等，让我开了眼界。他鼓励我乐观生活，笑对人生，学会看开看远看淡，人要活在当下和明天，能从过去走出来的就是一个勇者、智者。他说不能辜负亲人、朋友，还有自己。诸老师是我的老师，更是我的长辈，让我敬佩，让我敬重。

此时，我只想说：谢谢老师们的无限厚爱！

我给各位老师，深深地鞠躬致谢！

最后，就以一首小诗表达我真诚的感激：

你是一盏灯

点亮，我走来的路

在夜的深处

晚风轻轻一吹

吹进我的心里

永远，伴我前行

2020年3月22日

诸炳兴/绘

诸炳兴/绘